美儿童文学读本

夏天里的苹果梦

汤素兰等 著

王家勇 主编

北方联合出版传媒（集团）股份有限公司

万卷出版公司

2014年·沈阳

ⓒ 汤素兰等 2014

图书在版编目（ＣＩＰ）数据

夏天里的苹果梦 / 汤素兰等著. — 沈阳：万卷出
版公司，2014.11
（最美儿童文学读本 / 王家勇主编）
ISBN 978-7-5470-3338-8

Ⅰ. ①夏… Ⅱ. ①汤… Ⅲ. ①儿童文学 – 作品综合集
– 世界 Ⅳ. ①I18

中国版本图书馆CIP数据核字(2014)第220475号

本书所涉部分作品版权由中国文字著作权协会代理，电话：010-65978905，
传真：010-65978926，E-mail：wenzhuxie@126.com。

出版发行：北方联合出版传媒（集团）股份有限公司
　　　　　万卷出版公司
　　　　　（地址：沈阳市和平区十一纬路29号　邮编：110003）
印 刷 者：北京中印联印务有限公司
经 销 者：全国新华书店
幅面尺寸：170mm×240mm
字　　数：170千字
印　　张：15
出版时间：2014年11月第1版
印刷时间：2014年11月第1次印刷
责任编辑：张雪娇　张洋洋
封面设计：任展志
版式设计：任展志
责任校对：侯俊华
ISBN 978-7-5470-3338-8
定　　价：25.00元

联系电话：024-23284090
邮购热线：024-23284050
传　　真：024-23284521
E-m a i l：vpc_tougao@163.com
腾讯微博：http://t.qq.com/wjcbgs
网　　址：http://www.chinavpc.com

常年法律顾问：李　福　版权所有　侵权必究　举报电话：024-23284090
如有质量问题，请与印务部联系。联系电话：024-23284452

富于梦想和希望的儿童文学

　　写作这篇序言的时候，恰逢我正在赶写将于今年八月在韩国昌原召开的第三届世界儿童文学大会暨第十二届亚洲儿童文学大会的会议发言稿。写作的间隙，我又翻看了这套《最美儿童文学读本》丛书的选目。其实，选目在三月份的时候就已经完成了，可当我再次浏览这些篇目的时候，我的脑海中还是会不自觉地闪现一幕幕的场景，仿佛我已成为这些故事中的一个角色、一个道具甚至一个微不足道的小物件，陪伴着读者一起笑、一起哭、一起体悟人生百味。

　　我想这也许就是儿童文学的巨大魅力吧，因为儿童文学是富于梦想和希望的，同时儿童文学也能够赋予梦想和希望。在儿童文学中，我们可以肆无忌惮地重温童年，可以尽情地享受父爱母爱，可以无拘无束地拥抱大自然；在儿童文学中，我们可以游走在真实的现实世界中，也可以徜徉于天马行空的幻想世界里；在儿童文学中，我们读懂了智慧、勇敢、忠诚、舍得这些优良的人格品性；在儿童文学中，我们学会了成长的意味，成长决不像我们想象和经历的那么简单，它不但有汤姆·索亚成长路上的自由和快乐，也有常新港、于立极笔下那充满苦难、伤痛和委屈的成长历程；在儿童文学中，一部分篇章是将美好、理想、梦想和希望直接呈现在我们面前，它们故事明快、感情浓烈，极易引发读者的共鸣，而另一部分篇章则会向我们呈现世界的另一面：虚伪、狡诈、欺骗……儿童文学不做消极悲观的代言者，但也决不做粉饰虚假太平的谄媚者，这就是儿童文学的良知和大美之处，同时也是儿童文学富于梦想和希望并能赋予梦想和希望的根源所在。儿童文学几乎是"万能"的。

我选择推荐在这套丛书中的一百多篇儿童文学作品，不仅仅是给儿童阅读的，也是给成人的。因为这些作品中有着极为丰富的人生经验、生活哲理和思想价值，我们读到的不仅是故事，更是故事背后所蕴含的深意。曹文轩曾说道："孩子是民族的未来，儿童文学作家是民族未来性格的塑造者。"我则希望儿童文学不但可以塑造儿童，亦可塑造成人。另外，书中很多篇章都配有"牵手阅读"，这既是一种编辑、家长与儿童间的陪伴牵手，也是一种作品与读者间的灵魂牵手，这些"牵手阅读"并不是要教人们如何阅读，而是一种陪伴和交流，我期盼在这个过程中，我们能够一起回味美好的童年，一起迎接有梦想和希望的未来。

王家勇

2014 年 9 月 30 日

童年的风景

儿歌中的老师

动物的想法很奇妙

飞翔在精灵的世界

童谣里的风俗

爱是生活最美的色彩

可不可以不勇敢

植物万花筒

你的成长有烦恼吗

　　童年，多么让人留恋，可它却像一片片羽毛，越飘越远。当我们每一个人来到这个绚丽多彩的世界上时，上帝赐予我们快乐，而恶魔则丢给我们烦恼，于是他们追随着人们的一生。人们渴望着自己的快乐，渴望着烦恼的消失，但往往事与愿违，随着年龄的增长，烦恼的事情也越来越多。

❁ 黄纱巾

薛涛　著

　　女孩放学要经过一个小小的服装市场。那里挂了一条黄纱巾。

　　女孩停住不走了，呆呆地看。

　　卖货的是一个中年人。"买下吧，孩子。就剩这一条了，只卖 10 元钱。"

　　女孩无奈地摇摇头。钱，女孩没有。

　　"可以向家里要嘛，我给你留着。看得出你很喜欢它。"

　　女孩不说什么，恋恋不舍地离开了。整个晚上，女孩都没下定向家里要钱的决心。

　　最终，女孩也没提要买黄纱巾的事，并发誓永远不提这件事。家里不富裕，女孩知道。

　　女孩再过小市场时，老远就看见黄纱巾还在那儿飘舞着，像一只黄蝴蝶。女孩远远看了一会儿，才慢慢走近。

　　"带钱来了吧？"

　　女孩摇摇头。

中年人抚摸着这条黄纱巾又看看女孩，并想象了一下，觉得
女孩与黄纱巾搭配在一起是很绝妙的组合，就很替女孩惋惜。

"你喜欢它，没错？"

女孩认真地点点头。

女孩准备离开了。注定买不下它，不如早点儿走开好。女孩
刚走开，中年人已摘下黄纱巾，并追上女孩。

"孩子，送给你吧。收下。你围上它肯定好看。"

女孩一愣。

"不，我不能白收人家的东西。"女孩毫不犹豫地说。

"收下，是我愿意送的。"

"不能！那样我会很难受，比得不到它还难受。"女孩跑开了。

女孩又回过头说："反正站在楼上也能看见它。能看见它，就很好了。"

中年人立在那儿。

从此，女孩不再从那里经过。注定买不下它，绕开它不是更好吗？女孩写作业累了就往楼下看看，看看那条在微风中舞动的黄纱巾。许多天过去了，那条黄纱巾仍旧挂在那里。它为什么一直挂在那儿？难道没人买？女孩没去想这个问题。

那条黄纱巾，装饰了女孩的梦。

其实很简单，中年人挂了个标签在旁边。标签上写着：永不出售。

羚羊木雕

张之路　著

"那只羚羊哪儿去啦？"妈妈突然问我。

妈妈说的羚羊是一只用黑色硬木雕成的工艺品。那是爸爸从非洲带回来送给我的。它一直放在我桌子的犄角上。这会儿，我的心怦怦地跳了起来，因为昨天我已经把它送给我的好朋友万芳了。

"爸爸不是说送给我了么？"我小声地说。

"我知道送给你了，可是现在它在哪儿？"妈妈的目光紧紧地盯着我。我发现事情不像我想的那么简单。

"我把它收起来了。"

"放在哪儿了？拿来我看看。"妈妈好像看出我在撒谎。因为我站在那儿一动不动，低着头不敢看她。

"要说实话……是不是拿出去卖啦？"妈妈变得十分严厉。

"没有卖……我送人了。"我觉得自己的声音有些发抖。

"送给谁了？告诉我。"妈妈把手搭在我的肩膀上。

"送给万芳了，她是我最好的朋友。"

"你现在就去把它要回来！"妈妈坚定地说，"那么贵重的东西怎么能随便送人呢？要不我和你一起去！"

"不！"我哭着喊了起来。

爸爸走了进来，听妈妈讲完事情的经过，他静静地点燃一支烟，慢慢地对我说："小朋友之间不是不可以送东西，但是，要看什么样的东西。这样贵重的东西不像一块点心一盒糖，怎么能自作主张呢？"爸爸的声音一直很平静，不过带着一种不可抗拒的力量。

"您已经送给我了。"

"是的，这是爸爸送给你的，可并没有允许你拿去送人啊！"

我没有理由了。我想到他们马上会逼我去向万芳要回羚羊，心里难过极了。他们不知道，万芳是个多么仗义的好朋友。

上幼儿园的时候我们就在一起。她学习很好，人一点也不自私。我们俩形影不离，语文老师管我俩叫"合二而一"。

上星期一次体育课，我们全班都穿上刚买的新运动衣。跳完山羊，我们围着小树逮着玩。一不小心，我的裤子被树杈划了一道长长的口子。我坐在树底下偷偷地抹眼泪，又心疼裤子，又怕回家挨说。万芳也不玩了，坐在我旁边一个劲地叹气。忽然，她跳起来拍着屁股说："咱俩先换过来，我妈是高级裁缝，她能把裤子上的大口子缝得一点儿都看不出来。"

当时，我觉得自己得救了，就把裤子和万芳换了。后来，我听说为了这件事，她妈妈让她对着墙站了一个钟头。

"为什么你不说裤子是我的？"

她嘿嘿地笑着："我妈是婆婆嘴，她要是知道，早晚也会让

你妈知道。"

我要把裤子换过来。她却满不在乎地说："算了吧，反正我已经站了一个钟头，要是再换过来，你还得站两个钟头……" 直到现在，我身上还穿着她的运动裤。每次上体育课，看见她裤子上的那条长长的伤疤，我就觉得对不住她。

昨天，万芳到我家来玩。我见她特别喜欢我桌上的羚羊，就拿起来递到她的手上说："送给你，咱俩永远是好朋友……永远！" 她也挺激动，从兜里掏出一把弯弯的小藏刀送给我。

不知什么时候，奶奶站在了门口。她一定想说什么，可是，她没有说。这时，妈妈从柜子里拿出一铁盒糖果对我说："不是妈妈不懂道理，你把这盒糖送给你的好朋友……那只羚羊，就是爸爸妈妈也舍不得送人啊！" 我从妈妈的眼睛里看出了羚羊的贵重。她和爸爸一起看着我，像是在等待着什么。我知道事情已经无可挽回了，眼泪顺着我的脸颊流下来。屋子里静极了。奶奶突然说："算了吧，这样多不好。" 妈妈一边递过糖盒一边说："您不知道那是多么名贵的木雕！"

我再也受不了了，推开妈妈的糖盒，冒着雨飞快地跑出门去。

我手里攥着万芳送给我的小刀一路走一路想，叫我怎么说呢？她还会像以前一样和我要好么？一定不会了。

我轻轻地敲了敲门。门开了，万芳伸出头来，一把拉了我进去。

"万芳……" 我站在过道里不肯再往前走。

"你怎么啦？也不打伞，是不是挨揍了？" 万芳奇怪地看着我。

"没有……" 我慢慢从口袋里掏出小刀，"你能不能把羚羊还我……" 我几乎听不见自己的声音。

　　万芳愣了一下，没有接小刀，只是咬着嘴唇看着我，我垂下眼睛不敢看她。

　　"昨天不是说得好好的，你怎么能这样呢？"

　　我努力不让自己哭出来。这时，她的妈妈从屋里出来了。看

见我手里的小刀，又看看我们的样子，立刻明白了："万芳，你是不是拿了人家什么东西？"

万芳看了我一眼，跑进屋去。过了一会儿，她拿着那只羚羊出来了。她妈妈接过来一看说："哎呀！你怎么能拿人家这么贵重的东西呐！"她把羚羊递到我的手上，"好好拿着，别难受，看我待会儿揍她！"

我把小刀递到她的手上说："阿姨！羚羊是我送她的，都怪我……"当我抬起头来的时候，万芳已经不见了，她不会再跟我好了……

我一个人慢慢地走在路上。月亮出来了，冷冷的，我不禁打了个寒战。路上一点声音也没有。忽然，我听见有人在喊我的名字，我回过头，只见万芳跑了过来。她把小刀塞到我的手里说："你拿着，咱俩还是好朋友……"

我呆呆地望着她，止不住流下了眼泪。我觉得我是世界上最伤心的人！因为我对朋友反悔了。我做了一件多么不光彩的事呀！

🍀 牵手阅读

时间从指间不经意地溜走，记忆的格子爬满了蜘蛛的足迹。它正在里面结网，把每一个格子都尘封起来，只是有的地方密密麻麻模糊难辨，有的地方稀稀疏疏明朗清晰。这种感觉就像用灰土裹着的黄金，如果不去品它，便永远不知道它的真正价值，那就是成长的故事。万芳没有因主人公要回羚羊木雕而和她绝交，反而把心爱的小刀送给了她，在万芳看来友谊比礼物更有价值。

对妈妈有多依赖

在孩子心里，妈妈就像圆月一样慈爱、甜美，孩子也因此深深依恋着妈妈。孩子出生后，妈妈的臂弯就成了他爱的摇篮，被妈妈亲爱的手臂拥抱着，在妈妈明星般闪亮的眼睛的注视下，其甜美远胜过自由，妈妈的怀抱就是宁静的港湾。

夏天里的苹果梦

王宜振　著

十四岁的男孩子进城读了中学

十四岁的男孩子开始有了寂寞

十四岁的男孩子在寂寞的时候

总喜欢静静地

静静地站着

推开一扇雕着花纹的小窗

让身上萌生着一只只耳朵

听风听雨

听野草吹着响亮的哨子

听池塘上走过一轮新月

十四岁的男孩子想妈妈了

总是翻开妈妈的来信仔细地读着

妈妈的来信妈妈的文字

是一只只鸟卵

只孵了一会儿

就听见脆脆地啄壳

那些红嘴巴黄嘴巴的雏鸟

用甜甜脆脆的嗓子

啁啁啾啾地读着唱着

读着一首翠绿的小诗

唱着一支暖色的歌谣

妈妈的来信妈妈的文字

像春天的蒲公英

飘哟，飘哟

飘走他们的寂寞

像夏天里的苹果梦

给他们带来甜丝丝的快乐

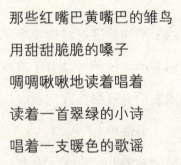

🍀 驴家族

汤素兰　著

7岁那年，我妈在医院住了一段时间，回来的时候，抱着一个弟弟。从此以后，爷爷、奶奶、爸爸、妈妈，他们的眼睛全都盯在弟弟那张皱巴巴的小脸上了。我独自坐在屋门前的竹林里生气。生了一会儿气以后，我觉得自己完完全全变成了一个孤儿。我开始怀疑：也许我根本就不是我爸爸妈妈亲生的，只有这个弟弟才是他们的亲骨肉。我越想，越觉得只有这样才能解释为什么他们那么喜欢他。这个问题让我彻夜难眠，让我坐立不安。我开始竖起耳朵听家里人的脚步声，听他们的谈话。我开始斜着眼睛看他们。因为我想从他们的言谈举止中，看出一点儿蛛丝马迹，听出一点儿什么破绽。因为只有这样，我才能找到我真正的家，我的亲人。

我的眼睛因为总是斜着看人，慢慢地，就变成了斜视；我的耳朵因为总是渴望听到秘密，而越长越长。到我十五岁那年，我变成了一个斜眼，还长着一对又尖又长的驴耳朵。长成这么个模

样，对一个女孩子来说，真是灾难。

快乐的是我的弟弟。他喜欢揪我的耳朵玩儿。因为我的耳朵是如此与众不同，他还以为是一个特别新奇的玩具。他经常问我："姐姐，为什么我不能长出同你一模一样的耳朵？"他还异想天开："姐姐，你把你的耳朵给我，好不好？我用我的耳朵跟你换，好不好？"

只要他跑到我跟前来，我就对他吼叫："傻瓜！离我远点儿！"

我从学校退学了。我羞于见人。可奶奶偏偏说，我的样子很漂亮。她甚至还把她当年做新嫁娘时戴过的一副银耳环给了我，让我戴在我的两只又长又尖的驴耳朵上。

我怀疑她是想出我的丑。但那对耳环实在漂亮，简直漂亮极了。我当时在心里已经做出了一个决定。那个决定让我自己非常伤心，让我觉得我是世界上最可怜的人。我仔细地想了一遍我所度过的十五年的岁月。我记得有些夏天的晚上，我躺在奶奶的怀里看天上的星星。奶奶用扇子给我扇风。我记得有些冬天的早上，外面大雪纷纷，爷爷会牵着我的手，送我到附近的学校去。我记得有些明媚的春天，妈妈带我去走亲戚的时候，总要从灶上的大铁锅上，抹一点黑黑的烟灰，涂在我的额上："我的女儿这么漂亮，可别让路上的人抢走了！"我记得有些秋天，爸爸从山外面回来，打老远就会喊："我的漂亮的女儿在哪里呢？快来穿我给她买的新衣裳呀！"

我强迫自己反复想这些事情，想他们对我的好。想起这些的时候，我觉得自己变得无比地宽容了。我为我能如此宽容而感动。我决定从他们家（在心底里我已经不把这个家当成自己的家了）

带走一样东西，留作纪念。

于是，我接受了奶奶给我的耳环，让妈妈亲手把它们戴在我的驴耳朵上。

爷爷和爸爸在一旁看着，他们说："这孩子，真是越来越漂亮了！"

我觉得他们简直虚伪透顶！他们明明看见我长着一对驴耳朵，明明知道我是斜眼，还说这样的话，什么意思？可恶！

我们家的房子后面，有一座很高很高的山，山坡陡峭，岩石坚硬。每天晚上，当他们都熟睡了之后，我便悄悄起床，扛着一把十字镐，到山坡上去挖洞。我要挖一个洞，把自己埋起来。

一年以后，洞够深了，洞口的伪装也准备停当。现在想起来，我依然觉得我挖的那个洞，简直是天才的设计。

一天晚上，趁他们熟睡后，我离开了他们。这一次，我没有带十字镐。我把自己打扮得很漂亮。我的驴耳朵上，戴着那副银光闪闪的耳环。我把自己关在那个黑乎乎的洞里，用砖头和泥块把洞口堵死。我不想再离开我的洞穴，我不想再见到我的家人。

不知道过了多少天。

不知道又过了多少天。

我想我早就已经死了。

我死了，我再也不用担心我的斜眼和我的驴耳朵了。我也不用再去想我究竟是谁，究竟是什么样的父亲母亲狠心地把我抛弃，让我在现在的这个家庭里长到十六岁。

但是，我的家人发现了我。确切地说，首先是我的弟弟发现了我。他玩耍的时候，再没有一对大耳朵可揪了，觉得怪寂寞的。

他开始找我。当他开始找我的时候，我的爷爷奶奶便跟着他一起找。当我的爷爷奶奶开始找我的时候，我的爸爸妈妈也开始找我了。自从有了弟弟以后，他们做每件事情总是按这样的顺序进行的。

他们在我的房子里找到了十字镐。十字镐已经磨钝了。但十字镐上留下了后山坡上的一些泥土。他们来到后山，在山坡上找到了和十字镐上的残渣一样的泥土，在岩石上找到了被刨挖过的痕迹。爸爸妈妈挥舞十字镐，爷爷奶奶用手扒开泥土和砖块。弟弟最先冲进洞里。他叫起来：

"爸爸妈妈！爷爷奶奶！你们快来看！这里有一头驴子！"

弟弟从山洞里牵出了一头驴子！

我以为我死了。其实没有。我在山洞里待了半个月。在这半个月里，我已经完完全全变成了一头驴子。如果不是我的耳朵上还戴着奶奶的银耳环，我想他们绝对认不出我了。

他们用手抚摸我光滑的驴皮。我挥动尾巴，狠狠地抽打他们的手，大吼一声：

"你们别碰我！"

可是，我只发出了"咴——咴——"的声音。

我看见他们的嘴在动。我听见了一连串咕噜咕噜声。我知道那一定是他们在说话。可是，他们说的什么，我再也听不懂了。我看见他们在哭，我看见他们的眼睛里，泪水晶莹。我看见那些晶莹的泪水从他们的眼眶里流出来，流过面颊。我的内心一阵冲动。我朝他们靠过去。我靠在爸爸、妈妈、爷爷、奶奶的身边，我让他们的手抚摸我光滑的驴皮。他们流过面颊的眼泪掉下来，落在我的身上。我突然明白了：

　　不管我是不是他们的孩子，他们真的非常非常爱我！哪怕我是斜眼，长着一对驴耳朵，他们也认为我是天下最漂亮的女孩！

　　弟弟不知道这头驴子就是我变的，但他为家里添了一头驴子而兴高采烈。他整天围着我转。我不再躲开他了。我侧过头去，用头蹭他小小的身子。我把耳朵伸到他胖胖的小手心里，让他能揪到我的耳朵。他的手很柔软。他常常抱着我的头，和我说话：

　　"小驴子，你知道我的姐姐哪里去了吗？她的耳朵像你，她是我最好最好的姐姐！总是跟我一起玩……"

　　说着说着，他常常也会哭起来。当他的眼泪滴在我光滑的驴皮上时，我的心总有一种要碎了的感觉。

　　我现在很想告诉弟弟："我爱他！"可是，我只能发出"呔——呔——"的驴叫声。

　　有一天，奶奶对爷爷说，她要出门到亲戚家去一趟，恐怕十天半月回不来。"你不要找我！到时候我自己会回来的！"奶奶说。

　　爷爷点点头。

　　奶奶走后，弟弟天天哭着叫着要找奶奶。爷爷告诉他："乖孙子，奶奶会回来的！"

　　半个月以后，爸爸妈妈扛着十字镐，爷爷带着弟弟，弟弟牵着我，我们一起上了后山，来到我以前待过的洞穴前。洞口又被砖头和泥块堵死了。爸爸妈妈刨开泥块和砖头。弟弟冲进洞里。他叫起来：

　　"爸爸妈妈！爷爷！你们看，又一头驴子！"

　　弟弟又牵出了一头驴子。

　　"呔——"那头驴子对我叫一声。

"咴——咴——"我对那头驴子叫了两声。

奶奶已经变成了驴子。

夜晚，当家人都熟睡之后，我和奶奶躺在牲口棚里金黄的干草堆上，一边看星星，一边说话。我们说的都是驴子的语言，彼此都能听懂。

奶奶说："孩子，我实在怕你太孤单了，怕你不能照顾自己，才决定变得跟你一模一样的……"

"我知道！我知道！"我把头埋在奶奶的怀里，轻轻地说。

"可我现在又担心你爷爷太孤单了，不能好好照顾自己……"

"我知道，我知道……"我的声音更轻了。

自从奶奶也变成驴子以后，爷爷常常一整天一整天地坐在牲口棚前发呆。

有一天，爷爷失踪了。

爸爸妈妈一定早猜到了爷爷早晚会有这一天。因此，爷爷失踪后，他们一点也不着急。倒是弟弟整天哭哭啼啼的："我要爷爷！我要奶奶！我要姐姐！"

爸爸妈妈被他吵得没办法，只好把他紧紧抱在怀里，告诉他："他们会回来的！会回来的！"

半个月后，爸爸妈妈扛着十字镐，带着弟弟，弟弟牵着我和奶奶，又一次来到了后山的山洞前。山洞再一次被砖头和泥块堵住了。

爸爸妈妈挖开洞口，刨掉砖头和泥块，弟弟冲进洞里。

他叫起来："爸爸妈妈，你们快看呀！又一头驴子！"

我马上就明白了，这头驴子是爷爷变成的。奶奶朝爷爷跑过去，他们的头在一起亲热地摩挲，尾巴甩来甩去。弟弟说：

"爸爸妈妈，你们看，这两头驴子在亲嘴呢！"

爸爸妈妈把弟弟紧紧抱在怀里，痛苦地闭上了眼睛。

那天晚上，我和爷爷奶奶躺在牲口棚的干草堆上，说了好久好久的话。爸爸妈妈抱着弟弟，一直坐在牲口棚前。他们看一会儿我们，又说一会儿话。我们也看一会儿他们，又说一会儿话。有的时候，我们彼此看着，什么都不说。我们的语言各不相同。他们说的是人话，而我们说的是驴话。我们彼此听不懂对方在说些什么。只有当我们的眼睛相望时，我们才深知：我们是一家人。

我以前有一个习惯，每天早上醒来，总要到家里的每个房间里看一看。即便变成了驴子以后，这个习惯也没有改变。

第二天早上，我醒得很晚。我醒来的时候，太阳已经升到了屋前的竹林上方。我走出牲口棚，到每间房子里去转悠。我发现，爸爸妈妈不在房子里，弟弟也不在房子里。

我的心"咚咚咚"一阵狂跳，来不及多想，我撒开蹄子朝后山跑去。我来到我曾经待过的那个山洞前。谢天谢地，山洞并没有被砖头和泥块堵住。我冲进山洞，山洞里空荡荡的，没有爸爸妈妈，没有弟弟，也没有驴子。

我"咴——咴——咴咴——"地叫起来。我是用驴子的话在叫："爸——妈——弟弟——"

爷爷奶奶听见我的叫声，立即跑过来，和我一起寻找。我们找遍了后山，找遍了家里的每一个角落，都没有找到爸爸妈妈和弟弟。

最后，爷爷说："我们不用找了。他们已经走了。"

接着，爷爷告诉我一个秘密：我们家族的人，都有一个特殊的本领——能变成驴子。

接着，奶奶告诉了我另一个秘密：弟弟不是我妈亲生的，而是妈妈在医院门口的台阶上捡来的。

接着，我知道了爸爸妈妈离开我们的真正原因：爸爸妈妈如果再留下来，他们会因为渴望和我们交谈，渴望和我们生活在一起，而忍不住跑进山洞里去，变成和我们一样的驴子。如果他们也变成了驴子，那么，谁来照顾弟弟呢？弟弟还那么小，而他又不是我们驴家族的成员，无法像我们一样变成驴子。

我一直和爷爷奶奶住在乡下。每到黄昏，我会站在竹林里，望着门前的小路，等待着爸爸妈妈回来。他们也许会回来，也许不会。但我的心里，对他们充满了温柔的思念。

母亲的牙齿

徐则臣　著

　　小时候我总担心母亲丢了，或者被人冒名顶替。每次母亲出门前我都盯着她牙上的一个小黑点看，看仔细了，要是母亲走丢了，或者谁变了花样来冒充她，我就找这个小黑点，找到小黑点就找到了母亲，找不到她就不是我母亲。那小黑点是两颗牙齿之间极小的洞，笑的时候会露出来。我们生活在一个村庄里，念高中之前，除了偶尔走亲戚，我的活动范围只在方圆五公里以内。五公里处是镇上，我常跟爷爷去赶集。世界对我来说就这么大，所以世界外面的世界对我来说就很大，大到我不知道有多大，大到想起来我就两眼一抹黑心生恐惧，大到每次母亲出门我都担心她会在无穷大的世界里走丢了。

　　母亲每年要去一两次外婆家。外婆离我家也就四五十公里，但因为跨了省，让我倍觉遥远；即使不跨省，四五十公里也不是个小数目，走丢个人不成问题。所以我担心。母亲出门前我就盯着她牙上的小黑点看，努力记忆到最完整全面，一旦该回来时母

亲没回来，我就到世界上去找她；如果回来的是另外一个人，就算她长得和母亲极像，我也要看她牙上的小黑点在不在。

过年前母亲也常出门，卖对联。很长时间里我家都不太宽裕，为补贴家用，爷爷每年秋后就开始写对联，积攒到春节前让母亲带到集市上去卖，换个年前年后的零花钱。我爷爷私塾出身，教过很多年书，写一手好字，长久不用也怕荒废，所以秋后闲下来，买红纸调焦墨，一门门对联开始写。十里八乡集市很多，年前的十来天里，每天母亲都得往外跑。年集总是非常拥挤，去晚了占不到好地势；天亮得又迟，早上母亲骑自行车出门时天都是黑的，冷飕飕的星星和月亮在头顶上。我不必起那么早，但如果我醒了，我都要在被窝里伸出脑袋看母亲的牙，那个小黑点。到晚上，天黑得也早，暮色一上来我就开始紧张，一遍遍朝巷口望。如果比正常回来时间迟，我和姐姐就一直往村西头的大路上走，母亲都是从那条路上回来。迎到了，即使在晚上我也看得清那是母亲，不过我还是要装作不经意，用手电筒照一下她的牙，我要确保那个小黑点在。

很多年后我常想起那个小黑点，我对它的信任竟如此确凿和莫名其妙。那时候我不会告诉任何人，担心说破了，小黑点也可以被伪造；我确信只有我一个人注意到它，它是证明一个人是母亲的最可靠、最隐秘的证据。我的确从来没有告诉过别人。

后来我长大了，事情完全调了个个儿，总在出门的是我，念书、工作、出差，到地球的另外一些地方去，而母亲却是常年待在了家里，小黑点陪着她也常年待在家里。她不必再卖对联，去外婆家可以搭车，去和回都可以遵循严格的时间表，不必再经受安全和未知的考验——我离我的村庄越来越远，进入世界越来越深；我明白一个人的消失和被篡改与替换，不会那么偶然与轻易，甚至持此念头都十分可笑；但是每次回家和出门，我依然都要盯着那个黑点看一看，然后头脑里闪过小时候的那个念头：这的确是母亲。它成了习惯。

与此同时，母亲开始担心我在外面的安全和生活。我在哪里读书、工作和出差，她就开始关注哪里的天气和新闻，一有风吹草动就给我电话，最近如何如何，要当心。在国外也是。那些这辈子她都不会去的国家，那些此前半生她都没听说过的城市，母亲都尽力在电视上搜索它们的消息，只要见到一个和她儿子此行有关的信息，眼睛和耳朵就会立马警醒起来。过去，电视里所有絮絮叨叨的新闻节目她都要跳过去，现在养成了看新闻和天气预报的习惯；我在国内她就关注国内，我在国外她就关注国外。我在美国中部的一个小城市待几天，她连白宫的新闻也顺带关心上了。我不知道她是否像我小时候那样，需要靠牙齿上的小黑点来确认一个人的身份，不过可以肯定的是，母亲总是比儿子担心母亲更担心儿子；我同样可以肯定，在母亲的后半生里，我和姐姐将会占满她几乎全部的思维。

我长大，那个小黑点也跟着长，我念大学时黑点已经蔓延了母亲的半颗牙齿，中间部分空了，成了龋齿。我不再需要通过一颗牙齿来确认自己的母亲，我只是总看到它，每次回家都发现它好像长大了一点儿。我跟母亲说，要不拔掉它换一颗。母亲不换，不耽误吃不耽误喝，换它干吗？乡村世界里的一切事情似乎都可以将就，母亲秉持这个通用的生活观；我似乎也是，至少回到乡

村时，我觉得一切都可以不必太较真，过得去就行。于是每年看到黑点在长大，一年一年看到也就看到了，如此而已。

前两年某一天回家，突然发现母亲变了，我在母亲脸上看来看去：黑点不在了，换成一颗完好无损的牙齿。母亲说，那颗牙从黑洞处断掉，实在没法再用，找牙医拔了后补了新的。黑点不在，隐秘的证据就不在了，不过能换颗新的究竟是好事。只是牙医技术欠佳，牙齿的大小和镶嵌的位置与其他牙齿不那么和谐，在众多牙齿里它比黑点还醒目。我说，找个好牙医换颗更好的吧；母亲还是那句话，这样挺好，不耽误吃不耽误喝，换它干吗？能将就的她依然要将就。别的可以凑合，但这颗牙齿我不打算让母亲凑合，它的确不合适。我在想，哪一天在家待的时间足够长，我带母亲去医院；既然黑点不在了，应该由一颗和黑点一样完美的牙齿来代替它。

牵手阅读

母亲的牵挂，像爬满心头的青藤，剪不断，理还乱，却又是因为这片片的翠绿，使孩子如花的生命，增添了一种色彩。正是有了这牵挂，才演绎出人生中许多动人心弦的历史；正是有了这牵挂，才涌现出生活中无数感人的母爱故事。本文中的"我"对母亲充满了依赖，"我"害怕母亲被别人冒名顶替，于是靠着母亲牙齿上的黑点来"辨别身份"。文章平实无华，却充满浓浓的深情，很是感人。

疲倦的母亲

许地山　著

那边一个孩子靠近车窗坐着，远山，近水，一幅一幅，次第嵌入窗户，射到他的眼中。他手画着，口中还咿咿呀呀地唱些没字曲。

在他身边坐着一个中年妇人，低着头瞌睡。孩子转过脸来，摇了她几下，说："妈妈，你看看，外面那座山很像我家门前的呢。"

母亲举起头来，把眼略睁一睁，没有吱声，又支着头瞌睡去了。

过一会儿，孩子又摇她，说："妈妈，不要睡吧，你且睁一睁眼看看外面八哥和牛打架呢。"

母亲把眼略略睁开，轻轻打了孩子一下，没有作声，支着头又睡去。

孩子鼓着腮，很不高兴。但过一会儿，他又唱起来了。

"妈妈，听我唱歌吧。"孩子对着她说，又摇了她几下。

母亲带着不喜欢的样子说："你闹什么？我都见过，都听过，都知道了；你不知道我很疲乏，不容我歇一下吗？"

孩子说：“我们是一起出来的，怎么我还顶精神，你就疲乏起来了呢？难道大人不如孩子吗？”

车还在深林平畴之间穿行着。车中的人，除那孩子和一两个旅客以外，少有不像他母亲那么酣睡的。

父亲般的爱有多深沉

有一种爱，它是无言的，是严肃的，在当时往往无法细诉，然而，它让你在过后的日子里，越体会越有味道，永生永世忘不了，它就是那广阔无边的父爱。父亲总是试图用双手为你撑起一片蓝天，竭尽所有把最好的给你。父爱是一部震撼心灵的巨著，读懂了它，你也就读懂了整个人生。

🍀 拱　桥

老臣　著

拱桥是一个人，不是一座桥。

听这名字，你就可以想到他的形象，比如角弓或者青虾，还有课本上的赵州桥。

我认识他时，他的腰已经很弯，人也很老。那时，他已在村庄东边一座老旧的石屋里，当了许多年的校长。

说是校长，是抬举他，因为他只管一个老师，那老师也就是他自己。

他的脸上有许多褶皱，一说话就满脸开花。胡茬子布满两腮和下巴，尤其是下巴，总是硬扎扎的。哪位男生犯了纪律，他从不打手板，而是低沉着嗓子说："把手伸出来吧，手背儿。"他的大手便把你的小手抓牢，将下巴挨近那颤抖着的小小面积的手背儿，来回蹭那么几下，让你觉得刮了刺猬一般的疼痛。因此，我们对他宽宽的下巴充满畏惧。

我那时读三年级，很捣蛋的，有次挨了扎，便对同班的二青说：

"校长的下巴要是脚后跟儿多好，咱就不怕他了。"脚后跟儿同校长的下巴比起来，的确有本质的不同，光溜溜的，没有钢针一样的胡茬，手背拂上去很平展的。二青听了，先是"嘎嘎"笑了两声，然后就当了叛徒，把我出卖给校长。校长便把我找去，用浑浊的老眼定定地望着我，说道："你真的怕我的下巴？"

我望着他宽阔的脸，敬畏地点点头。

他用手掌刮刮，下巴发出"嚓嚓"的响，说："怕就别捣乱了，小子。"大手拍拍我剃得溜光的脑瓜儿，呵呵笑了："这里不是脚后跟儿，可毛儿软不扎人的。去吧，去吧。"我就逃也似的躲开他。

他那时真的很老，像谁的爷爷。教我那阵儿已退休五年，据说他的儿子几次接他回辽西走廊上的村庄，但他都走不脱。山那么深，谁肯来管一茬茬的捣蛋鬼呢？只能是他。

因缺了两颗牙，他讲课吐字有些不清。比如把"二"读成"a"，我们跟着喊"a"，他就酱色着脸说："我读a你们不能读a。"我们就齐声喊："是，老师，我读a你们不能读a。"可是我们怎么读呢？他就无奈地笑了，说："老了，教你们爹、妈那会儿，我可不是这么发音的。老了，说老就老了。"他那会儿真比谁的爷爷都老。

除了用下巴刮手背儿，他对我们很好，比如，下雨天，他的弯背就成了座真的拱桥。

山里人家，稀稀落落的，校舍三面倚山，一面临沟。我和其他十来个学生，上学放学是要过沟的。那条四五丈宽的沟，冬天干涸，雨天却气势汹汹，浊流滚滚。水虽仅齐校长的膝盖，但对十来岁的孩子可是难以逾越的鸿沟了。没有木桥、石桥、铁桥，只有校长这座肉做的拱桥。

我攀"拱桥"只一次，是在怨校长下巴不是脚后跟儿不久。

洪水把我们隔在这岸，校长便从那岸过来，在水中蹚来蹚去。没人能替他，一个学校三个年级一个老师，校长是最年长的，我和二青则是第二、第三年长的。我是不好意思让他背的，一是觉得有关脚后跟儿的比喻对不起他，二是觉得自己大了不能让人背，尤其是让一个老人背。八个同学给背过对岸，只剩下我了，再没办法去躲。校长已垂着弯背，哗啦哗啦蹚水过来了。他浑身透湿，喘气的声音像是在拉风箱。

"来吧。"他蹲下来，袒给我一面弓形的脊背。

"不！"我拒绝，说，"我敢过。"但这是吹牛，水浑浑的，浪头一个撵着一个，看着都让人昏眩，何况那水要淹没我的肚脐眼儿呢？

"来吧，孩子。"他又说。拱形的脊背一动不动，静等我伏在上面。

我急得要哭了，我该怎么办呢？

"别不好意思，爷背孙子嘛。该上课了，快来。咱爷儿俩得赶紧过去，同学们在等呢。"他不容拒绝地说道。

我闭上眼睛，趴上了那座拱桥。身体被浮载起来，晃晃悠悠，迈下水去。浪声灌满双耳，我却趴得紧紧的，与那面脊背紧紧箍在一起。

临上岸时，校长趔趄一下，但我并没有掉下拱桥，因他宽大的手紧紧扳着我。

"这不过来了吗？"他说。是的，过来了，我从桥上滑下，

落在坚实的大地上，站着。

校长却没有站着，而是瘫坐在地，大张着缺牙的嘴捯气，苦笑着脸，说："老了，老了，我背你们爹妈时，可不是这副模样。"他的模样，真像一座坍塌的拱桥。

喘吁了一会儿，他站起来，我们拥着他走向老旧的教室。二青靠近我，说："校长背你过河，不是走的，是爬。"爬用来说人是贬义，我讨厌他说校长"爬"，便狠踹了他一脚。

那年秋天，我转学了，校长也走了，他实在再也教不动书了。小学校便黄了数年，直到如今盖起希望小学。已当了乡长的二青说："盖座拱桥吧！"于是，通往学校的沟上就有了座石桥……

许多年过去，我过的桥比小时走的路还多，但我忘不了那座拱桥。那座宽厚、踏实、温热的血肉拱桥，让我一生都走不到头。

阳光照得最多的地方

徐迅　著

　　那是一块阳光照得最多的地方。冬天，父亲还坐在那里。低矮的屋檐，背后是红砖土墙。黑灰色的瓦片垂着耳朵，仿佛倾听什么。父亲通常一个人不会说什么，只是静静地沐浴着阳光取暖，像温顺的臣民承受浩荡的皇恩。我每次回家首先要打量的就是那个地方。喊一声父亲，父亲脸上立刻阳光灿烂，笑容如绽放在枝叶里的花朵般颤动。

　　一个人是会老的。皱纹宛如屋檐上生满绿锈的青苔，上面摇曳着荒草。老人头发花白，牙齿脱落，身边斜靠着一根短亮的竹拐杖。那样子像是一部接近尾声的黑白电影的旧镜头。阳光不老，新鲜的光束里尽情跳跃着生命的尘埃，但父亲不见了。如今，阳光照得最多的地方空落落的，如我空落落的心。泪水爬出我的眼帘，阳光使它格外晶莹，如针芒般的阳光深深刺伤着我，痉挛。阳光无影无踪地裹走了父亲，又依然照亮那里，如泻地的一摊水银，成为我面前不会消逝的最坚硬的事物之一。

　　"来！晒晒太阳！"在乡村，尤其是冬天，阳光照得最多的地方，窝聚的老人也最多。冬天里，阳光以一种最温暖、最明亮的姿态涂抹大地。树上尚没有凋零的叶片，通体金黄，兴奋得直打哆嗦。地上，一条狗蜷缩在阳光的被窝里，懒洋洋的，像是一只泄了气的皮球或是让太阳烤干的牛粪。老人们开始在阳光里打捞着明灭的往事，交头接耳：谁家的猪养得最肥，谁家今年的收成很好，谁家的闺女腊月里要出嫁，谁家的小子又有出息啦……他们大口大口饱食着阳光的盛宴，咀嚼阳光，毕毕剥剥，满嘴流油。

通常，他们都以为这儿是离太阳最近的地方，是人间天堂。他们的笑声、叹息声、诉说声像无数把叮叮当当的小榔锤，把阳光敲成了金子般的碎片，然后乐呵呵地搭在怀里，俨然一个个财主佬。直到起身离开时，还夸张似的拍打着屁股上的灰尘。即便有贫穷的跳蚤，在阳光下也被驱赶得一干二净。

我想父亲，包括一些老年人，在他们人生的暮年喜欢坐在阳光照得最多的地方，在阳光底下的倾诉，肯定隐藏着某种心灵上的秘密：一定是额头上皱纹里隐逸着的生命的苦涩需要阳光的抚慰；内心经历太多，那阳光照耀不到的地方或许往事已堆积得发霉，必须在阳光下暴晒一番；抑或身上流动缓慢的血液必须与阳光勾兑与打通，才会使他们更加舒展、坦荡、明媚；也可能他们想得更远，无边无际的黑暗正在向他们拥来，他们得赶紧拾掇起一些太阳的金枝，燃烧生命……因为，不仅一颗晦涩的心需要阳光的照耀，一颗纯净的心，也同样需要阳光的映照。最后，阳光收拾走了许多谜底，如父亲自体生命的消逝，正如阳光的消逝一样。只是父亲永远不会知道，他的那块被阳光照得最多的地方，会成为亲人们心中最大的疼痛——有几回，我发觉与我一道回家的儿子，眼睛也朝那个地方怔怔地发愣。以前，他可是撒欢般地蹦跳着双脚扑向那里的。

"为了看看太阳，我来到世上。"这是一位俄罗斯诗人的诗句。写这诗的巴尔蒙特这时仿佛一个婴儿，在春天里降生时一睁眼，就看到了温煦的阳光。他身上泛着金黄的绒毛。的确，阳光可以渗透所有的语言，但无法谛听；阳光像一块黄金，可以让人贪婪地攫取，但却无法永远占有；阳光像一朵鲜艳的花，却无法为一

个人永远开放。剩下的你只有看看的份儿了！阳光照耀的日子，生活明净得一览无余，纤毫毕现；阳光进入土地所有事物的内部，使其发酵、膨胀、疯狂和生长。这些人们都可以看到，因此也体会出阳光本身充满的慈祥、温暖、仁爱和平静。果然，在阳光照得最多的地方，又少了一张熟悉的面孔，又多了一个陌生而嘶哑的喉咙。那陌生的嘴角牵动乡村的最后一缕阳光，仿佛是在向阳光作着诀别。我想，一个阳光铺就的舞台上，父亲和他的乡亲裁剪着一块阳光的绸缎，然后紧紧地包裹住自己，就幸福地睡去了。

但丁说："我曾去过那阳光最多的地方，看到了回到人间的人无法也无力重述的事物（《神曲·天堂》）。"仅仅默念着这一句，我的心绪在阳光下显得一派苍茫。

牵手阅读

一位慈祥的老人，一位可敬的父亲，在生命即将走到尽头的寒冬里，拥抱阳光成了他最最重要的事情。但是最后他还是被阳光带走了。阳光与父亲，父亲与阳光——这篇纯净如阳光，本色如阳光，温暖如阳光的散文，启迪我们面对司空见惯的阳光，对人生的追求与困惑，生存的美好与苦涩，做更深入的思考。作者以一种平和、舒缓却又如诗一般的语言营造出一个祥和、宁静的氛围，没有波涛起伏、激情澎湃，却拨动了每个人的心弦。

🌸 儿子的忏悔

曹乃谦　著

　　我家原来有辆永久牌自行车，是舅舅在大同煤校上学时我妈给他买的。买的时候就是旧的，他骑了几年就更破旧了。他分配到晋中当老师走后，我妈就把车子寄放到了老和尚的后大殿，不让我骑，说我人小，把握不住车子，怕骑到街上出事，怕汽车撞了我，怕我把别人撞了。

　　初中毕业后的那个假期，我接到了大同一中的录取通知书。一中离城十里地，又没有公共汽车。这时候，我妈才说，让师父把大殿的车子取出来，擦摸擦摸骑去吧。我说我不要，旧车子闸不灵，容易出事儿，我要骑就骑新的。我妈说闸不灵修修就灵了。我说您不懂的，车子放得年代久了就锈了，锈了就修不好了。我父亲说，锈了修不好，闸不灵娃娃出了事儿咋办。我妈说，修不好再说。我父亲说，修不好就出事了，到时候你哭也来不及，哪个多哪个少？

　　我父亲这辈子一直没学过骑自行车。他不会骑，也就不懂得

车子的事。我一说他就相信我了。他说："爹挣钱为啥，不就是为了俺娃花。爹给俺娃买辆新的。"

那是个苦难年代。车子是紧俏商品，没个关系不好买。他在大同托了好几个人可都没能买到。他只好就在怀仁给我买，那次来信了，说买到了，是一辆绿色的飞鸽车，二八的，加重的，说等有了顺路车就给我捎回来。我心想哪会一下子就有顺路车。我给他回信说，太原每天好几趟到大同的火车，托运回来多方便。我还催他说，学校就要开学了，可我现在还不会骑，我总得提前学会才行，学会也还得再练练，练得很熟才行。实际上我早就学会骑车了，而且骑得还挺油，根本就不存在什么熟练的问题。我是想让他快快把车子托运回来，才这么说。

在我的一催再催下，他把车子给弄回来了。可让我大吃一惊的是，他不是给托运回来的，他是一步一步地推着，一步一步地推了八十多里，给推回来的。

那天的半夜，我正睡得香，听我妈说，"招人，好像是叫咱们。"她拉着了灯，听听，就是有人在敲庙门，就敲就喊招人。声音很是微弱。我妈说半夜三更的这是谁，她就穿好衣服去开门。

我的天老哪，是我的父亲。

我妈把他扶进家，他一屁股跌坐在地下。我赶快跳下地去扶他，他不让动，摆着手说："缓缓。让爹缓缓。"又伸手说："给爹倒口水。"我拿起暖水瓶，他摆手说："冷水。拿瓢。"我给从水瓮里舀出多半瓢，他捧着瓢，一口气把半瓢水喝了个光。

他坐在地上一动不想动。我站在那里陪着他。

最美儿童文学读本

他的灰衬衣让汗水浸透了，上面又沾满着泥土。

裤腿挽起着，也全是泥。

他说是为了截近，蹚着水过的十里河，可过河的时候，把脚给崴了。他这硬是一拐一拐地又走了十里路，拐回了家。

他花白的头发乱蓬蓬的，汗水把脸上的土灰刮得一道道的，连眼角嘴角都是泥。嘴角好像是还有血。

人们都知道，不会骑车的人，推车子会更费事。走个三五里也还好说，可他这不是三五里，也不是三十五里，是八十里。空手步行八十里那也是不敢想的事，况且他还推着个车子。他从一大早就开始走了，我算了算，整整走了十九个小时。而最后这十里路还是忍着饥渴，拐着瘸腿，咬紧牙关走的。看看他那两嘴角的血，就知道他是经受了多么巨大的痛苦。看着他那大口大口喝凉水的样子，看着他那极度疲惫的样子，我心疼极了。我不住地"唉，唉"叹着气，我强忍着，没让泪水流下来。

缓了好大一阵儿，他才让我往起扶他。我伺候着他洗了脸，换了衣裳。他让我给脚盆添上暖瓶的水，他靠着炕箱坐着扇火板凳，烫脚。

我问他为啥不托运，他说他到怀仁火车站打问了，托运得半个月以后才到，"可我怕误了俺娃学车。多学半个月跟少学半个月，那就是不一样。"

听了这话，我的心一紧，像有刀子在扎，像是有鞭子在抽。

父亲看出了我的情绪，笑着给打岔说："过河时把车子弄泥了，你出院把它擦擦。"

当我擦完车子进了家，我妈也正好给他把饭做熟了，可父亲

却脚泡在水盆里，坐着小板凳，身子靠着炕箱，就那么的给睡着了。

吃饭时，父亲见我还是闷闷不乐的样子，反而给我说开导的话："这有啥？爹缓上两天就好了。可这样俺娃就能早学半个月车，就能学得熟熟的，路上不出事儿，那爹就放心，爹受点苦值得。"

父亲越是这样说，我心里越是难过。

我真后悔。我真后悔说旧车修不好，让父亲买新的；我真后悔催他赶快给我托运回来；我真后悔哄他说我还不会骑。他就是因为怕我学的时间短学不好，他就是为了我能多学半个月，才没托运，才这么急着给我往回推，受了这么大的苦。步行八十里往回推。

我真后悔，真后悔！

老人与海（节选）

【美】海明威　著　沈国清　译

　　他是一个长年驾着小船在墨西哥湾流中打鱼的老人。一连八十四天了，老人连一条鱼也没捕到。头四十天里，还有个小男孩和他一起出海，因为没有收获，男孩的父母觉得老人是个十足的"倒霉鬼"，让男孩上了另一条船。那条船在第一个星期便捕到三条好鱼。以后，老人仍然每天早上独自一人划船出海，傍晚划着空船归来。小男孩很同情他，也很爱他，因为是他教给自己捕鱼的本领。于是孩子总是去帮他拿钓丝、鱼钩、鱼叉，还有绕在桅杆上的帆。那是一张千疮百孔的帆，用面粉袋反复地补了又补，真像一面标志着失败的旗帜。

　　老人真的已经很老了，脖颈上有些很深的皱纹，显得消瘦而憔悴。他的腮帮上长着褐色的肉瘤，那是太阳在热带海面上反射的光线造成的。他的双手因为常用绳索拉大鱼，留下了很深的伤疤。他身上的一切都显得古老，但那一对像海水一样蓝的眼睛却没有因为时间的流逝而变得黯淡，它们是愉快的、倔

强的、不服输的。

"圣地亚哥,"他俩从小船停泊的地方爬上岸时,孩子对他说,"我家里挣了一点钱,我去跟父母求求情,让我再跟你一起出海吧。"

"不,"老人说,"你好不容易遇到一条交好运的船,还是跟他们一起出海吧。"

"不过你该记得,我们曾经连续八十七天捉不到一条鱼,跟着连续三个星期每天都捉到了大鱼。"

"我记得,"老人说,"我知道你不是因为没有信心才离开我的。"

"是爸爸让我离开你,我是个孩子,不能不听他的话。"

"我知道,"老人说,"这合乎情理。"

"他没多大的信心。"

"是的,"老人说,"可是我们有,你说是吗?"

"是的,"孩子说,"我请你到露台饭店去喝杯啤酒,然后我们把渔具一起扛回家去,行吗?"

"那太好了,"老人说,"我们打鱼的是一家人啊。"

他们坐在饭店的露台上,不少渔夫拿老人开玩笑,老人一点儿也不生气。一些上了年纪的渔夫望着他,心里替他难过。但是,他们并未流露出来,只是斯文地谈论着海流,讲述他们把钓丝送进多深的海水,持续很久的好天气以及他们的所见所闻。这时,当天打到鱼的渔夫们都回来了,剖开马林鱼,整片儿排在两块木板上,每块木板的一头由两个人抬着,摇摇摆摆地送到收鱼站,在那儿等着冷藏卡车把它们运到哈瓦那的市场。捕到鲨鱼的人们把鲨鱼送到海湾另一边的鲨鱼加工厂去,用带钩的滑车吊起来,除去肝脏,割鳍,剥皮,把肉切成一片一片,以备腌制。

　　刮东风的时候，隔着海湾的鲨鱼加工厂吹来一股味道，今天刮南风，随风而来的只是淡淡的一丝气息，后来逐渐平息了。阳光照在露台上，十分明媚。

　　"圣地亚哥。"孩子说。

　　"哦！"老人回答。他正抓着酒杯，思量好多年前的事儿。

　　"要我弄点你明天用的沙丁鱼来吗？"

　　"不，打棒球去吧。我划船还行，罗赫略会给我撒网的。"

　　"我还是想去。就算不能跟你一起打鱼，我也想替你多做些事儿。"

　　"你请我喝了杯啤酒，"老人说，"你现在已经算是大人啦。"

　　"你头一次带我上船，那时我多大？"

　　"五岁，那天我把一条活蹦乱跳的鱼拖上船时，那家伙险些把船撞得粉碎，你也差点儿送了命。你还记得吗？"

　　"我记得鱼尾巴砰砰地拍打着，船上坐板也裂开了缝。你把我猛推到船头上，那儿放着湿漉漉的钓索卷儿，我感到整条船都在颤抖，又听到你用棍子打鱼的声音，好像是在砍一棵树，还有，我浑身上下都是甜丝丝的血腥味儿。"

　　"你真记得那回事儿，还是我曾告诉你的呢？"

　　"打从我们头一回一起出海时起，什么事儿我都记得清清楚楚的。"

　　老人用那双虽遭日晒风吹，但目光坚定的眼睛慈爱地望着他。

　　"你要是我自己的孩子，我准会带你出去闯一闯。"他说，"可是，你是你爸爸妈妈的，眼下你搭的又是一条交上了好运的船。"

　　"我去弄沙丁鱼好吗？我还知道从什么地方去拿四条鱼饵来呢。"

"我今天还有自个儿剩下的。我把它们放在匣子里用盐腌上了。"

"还是让我弄四条新鲜的来吧。"

"一条。"老人说。他的希望和信心从来没有消失过，现在又像微风初起时那么清新了。

"两条。"孩子说。

"那就两条吧，"老人答应了，"你不是去偷的吧？"

"偷我也愿意。"孩子说，"不过这些可是买来的。"

"谢谢你！"老人说。他真够天真，不去琢磨自己什么时候达到这样谦卑的地步。可是他知道这时正达到了这地步，这不是丢脸的事，也并没有给真正的自尊心带来什么损失。

"照这样的海流，明天会是一个好日子。"他说。

"你打算上哪儿？"孩子问。

"驶到远方，等风向转了，就顺风回来。我想天亮前就出发。"

"我想叫我的船主人也驶到远方，"孩子说，"这样，如果你抓到了一条真正的大鱼，我们就可以赶去帮你了。"

"他可不会愿意驶到很远的地方。"

"是啊，"孩子说，"不过我会看见他看不见的东西，如果我看到有只鸟儿在空中盘旋，就会叫他去追海豚。"

"他的眼睛这么不行吗？"

"简直是个瞎子。"

"这可怪了。"老人说，"捉海龟才伤眼睛呢，他可从来不捉海龟的。"

"你在莫斯基托海岸捉了好多年海龟，你的眼睛还是好好的。"

"我是个不同寻常的老头儿啊。"

"可是，你现在还有力气对付一条真正的大鱼吗？"

"我想是可以的。再说还有很多诀窍呢！"

"我们把用具拿回家吧，"孩子说，"这样我可以拿了渔网去逮沙丁鱼。"

他们把用具从船上捡起。老人把桅杆扛上肩头，孩子抱着木头盒子，盒子里面装着盘在一起的、编得很硬的褐色的钓丝、鱼钩和带把子的鱼叉。盛鱼饵的匣子被藏在小船的船艄下面，那儿还有那根在大鱼被拖到船边时用来收服它们的棍子。谁也不会来偷老人的用具，不过还是把船帆和沉重的钓丝带回家去的好，再说，这些东西沾了露水也不好。老人虽然深信当地不会有人偷他的用具，但是，他依旧认为把一把鱼钩和一支鱼叉留在船上实在是不必要的引诱。

他们沿路来到老人的茅棚，从敞开的门走进去。老人把绕着帆的桅杆靠在墙上，孩子把木盒子和其他船具放在桅杆旁边。桅杆差不多有茅棚的一间屋子那么长。窝棚用大椰子树的叫作"海鸟粪"的坚韧的苞壳做成，里面有一张床、一张桌子、一把椅子和泥地上一处用木炭烧饭的地方。

在用带有硬质纤维的"海鸟粪"的叶子压平后叠盖而成的褐色的墙上，挂着一幅彩色的耶稣圣心图和一幅科布莱圣母图。这都是他妻子的遗物。墙上曾经悬挂着一幅他妻子的彩色照片，后来他把它取下了，因为看了他会觉得自己有些孤独凄凉。它如今在屋角搁板上，在他的一件干净衬衫下面。

"有什么吃的东西？"孩子问。

"一盆鱼拌黄米饭，要吃点吗？"

"不，我回家去吃。要我给你生火吗？"

"不用，过一会儿我自己来生。我已习惯吃冷饭了。"

"我把渔网拿去好吗？"

"当然好了。"

其实并没有渔网，也没有所说的一盆鱼拌黄米饭。孩子还记得是什么时候，他们把渔网卖掉的。然而他们每天都要编一遍这样的谎话。

"八十五是一个吉祥的数目，"老人说，"你想看见我捉住一条净重一千多磅的鱼吗？"

"我拿渔网捞沙丁鱼去。你坐在门口晒晒太阳可好？"

"好的。我有昨天的报纸，看一看棒球的消息。"

孩子不知道，老人所说的昨天的报纸是不是也是虚无的。可是老人毕竟从床底下拿出一张报纸。

"帕利哥在酒馆里给我的。"老人解释说。

"我捞到沙丁鱼就回来。我打算把你的鱼和我的鱼一起放在冰里保存起来。明儿早上就可以分用了。等我回来了，你告诉我棒球赛的消息。"

"美国佬队不会输。"

"但是我担心克利夫兰印第安人队会赢。"

"相信美国佬队吧，孩子。想一想那个了不起的老马吉奥吧。"

"我担心底特律老虎队，也担心克利夫兰印第安人队。"

"小心点，别连辛辛那提红人队和芝加哥白袜队都担心起来了。"

"你好好儿看吧，等我回来了给我讲讲。"

"你看我们该去买张末尾是八五的彩票吗？明儿是第八十五天。"

"好啊，"孩子说，"不过你上次创纪录的是八十七天，这怎么说？"

"这种事儿不会再发生。你看能弄到一张末尾是八五的吗？"

"我可以订一张。"

"一张就得花两块半钱。我们向谁去借这笔钱呢？"

"这容易，我会想办法借到两块半钱的。"

"我想，我也能借到。不过我不想借钱。第一步就要借钱，下一步可要讨饭啰。"

"穿暖和点，老大爷，"孩子说，"别忘了，现在已是九月的天气了。"

"正是大鱼游过来的季节，"老人说，"在五月里，人人都能当个好渔夫。"

"我要捞沙丁鱼去喽！"孩子说。

孩子回来的时候，老人在椅子上熟睡着。太阳已经下去了。孩子从床上拿了一条旧军毯，搭在椅背上面，盖住了老人的双肩。那两个肩膀真怪，尽管人老了，肩膀却依然很强健，脖子也依旧壮实，老人睡着后头耷拉到胸前时，皱纹也不明显了。他的衬衫上不知打了多少次补丁，和他的那面帆一样，补丁也被太阳晒得褪成许多深浅不同的颜色。老人的头很苍老了，眼睛一闭，脸就一点生气也没有。报纸摊在他的膝头上，用一只胳膊压住，没让晚风把它吹去。他光着脚。

孩子撇下老人走了，等他回来时，老人还是熟睡着。

"醒一醒，老大爷，"孩子喊了一声，把一只手放在老人的膝盖上。老人睁开眼睛，此刻，他的神志仿佛才从老远的地方归来。

随后，他笑了。

"你给我带来什么啦？"他问。

"晚饭，"孩子说，"我们吃晚饭吧。"

"我肚子不大饿。"

"来，吃吧。你不能只打鱼，不吃饭。"

"我经常这样干。"老人说着，站起身来，拿起报纸，把它折好跟着又动手叠那条军毯。

"把军毯披在身上吧，"孩子说，"只要有我在，决不能让你不吃饭就去打鱼。"

"这么说，祝你长寿，多保重自己吧。"老人说，"我们吃什么？"

"扁豆拌饭，煎香蕉，还有一点儿炖菜。"

这些饭菜是孩子从露台饭店拿来的。饭菜放在两层的饭盒里，他的衣袋里放着两副刀叉和汤匙，每一副都用餐巾纸细心地包裹着。

"这是谁给你的？"

"马丁。船老板。"

"我应该去谢谢他。"

"我已经谢过了，"孩子说，"你不用再谢啦。"

"我以后要给他一块大鱼肚子上的肉。"老人说，"他可不止一次这样帮我们了。"

"是这样的。"

"那么我还要送他比大鱼肚子更好的东西。他对我们是真的很关心。"

"他还送给我们两瓶啤酒。"

"我还是喜欢罐装的啤酒。"

"我知道。不过这是瓶装的哈杜威牌酒，喝完后，我还得把瓶子还给他呢。"

"你想得真是周到，"老人说，"我们现在就吃好吗？"

"我已经问过你啦，"孩子亲切地说，"你不准备好，我是不会打开饭盒的。"

"准备好了，"老人说，"再等一会儿，我先洗洗手和脸。"

到哪儿去洗呢？孩子想。村里的水龙头在大路那边，大约有两条街那么远呢。孩子想，我应该事先把水带到这儿让他用的，还应该带一块香皂和一条干净的毛巾来。我怎么这样粗心呢？我该再弄来一件衬衫和短外套给他过冬，还要一双什么鞋子，并且再给他弄条毯子来。"你的炖菜味道好极了。"老人说。

"给我讲讲棒球赛的消息吧。"孩子请求地说。

"在美国联赛中，我说过，美国佬队肯定赢。"老人兴奋地说。

"他们今儿个输了。"孩子告诉他。

"这不算什么，老狄马吉奥又是一条好汉了。"

"他们队里可还有其他高手呢。"

"当然，可是他就是和别人不一样。在另一个竞赛组里，布鲁克林队对费拉得尔菲亚队，我相信布鲁克林队一定会打赢。我还记得狄克·西斯勒和他在老棒球场打出漂亮的几个球。"

"这些好球别人从来没有打过。我见过的击球中，数他打得最远。"

"还记得他到露台饭店来过吗？我曾经想跟他去打鱼，可是我没敢开口。我要你问他，可你也不敢。"

"我记得。我俩都想错了。说不准，他或许会跟我们一起出

海呢。这样，也是我们一辈子的美好回忆。"

"我很想跟了不起的老狄马吉奥去打鱼，"老人说，"听说他父亲以前也是打鱼的。也许他当时跟我们一样穷，会理解我们的好意。"

"老西斯勒的父亲可一点儿也不穷，他父亲像我这么大的时候，就在一个很大的棒球队里打球了。"

"我像你这么大的时候，已经在一条去往非洲的装横帆的船上当水手了，我还看见过傍晚到海滩上来的狮子呢！"

"我知道。你和我提起过。"

"我们是谈非洲还是谈棒球？"

"我想，还是谈棒球吧。"孩子说，"给我讲讲那了不起的老麦克格劳的故事。"

"从前他也常常到露台饭店来。他脾气不大好，一喝酒就非常粗暴，经常出口伤人，性子真够执拗的。他的脑子里不是赛马就是棒球。不管什么时候，他的口袋里总是揣着赛马的花名册，他还常常在电话里提到马的名字。"

"他是个大经理，"孩子说，"我爸爸认为他是个特别大的经理。"

"这是因为他来这儿的次数最多，"老人说，"要是杜洛彻每年也经常来这儿，你爸爸也会把他当作特别大的经理的。"

"真的，谁是特别大的经理呢？是鲁克？还是迈克·冈查列斯？"

"我想他们难分上下。"

"不过，要说打鱼，最好的就是你。"

"不。有很多人比我强的。"

"哪里，"孩子说，"虽然会打鱼的人很多，好手也不少。可是最好的只有你。"

"多谢你。听了你的话我很高兴。我希望以后不要来一条大得我对付不了的鱼，那样就说明你的话讲错了。"

"不会有这样的鱼，只要你还能像你说得那样强壮。"

"我也许不像我自以为的那样强壮了，"老人说，"可是，我掌握很多诀窍，而且有信心。"

"你应该睡觉啦，这样，你明天就会精力充沛。我也要把东西送回露台饭店去了。"

"祝你晚安，明早我去叫醒你。"

"你是我的闹钟。"孩子说。

"年岁是我的闹钟，"老人说，"为什么上了年纪的人醒得就早呢？难道是要让白天长些吗？"

"我不知道，"孩子说，"我只知道我们爱睡觉，怎么也睡不够。"

"我会记得的，"老人说，"到时候我会去叫醒你的。"

"我不愿让我的船主人喊醒我，仿佛他比我强些似的。"

"我明白。"

"晚安，老大爷。"

孩子走了。他俩吃饭的时候，桌子上没有点灯。老人脱掉外裤，摸黑上了床。他把裤子卷起来当枕头用，把那张报纸塞在里面，然后用军毯裹住身子，躺在铺着旧报纸的破旧弹簧床上睡下了。不一会儿，他就睡着了。他梦见了童年时代所见到的非洲，长长的金黄色的海滩和白得刺眼的海滩，还有高耸的海岬和褐色的大山。现在，他生活在海边，在梦中听到了海浪拍岸的隆隆声，看见了本地的小船在海潮中穿浪而行。睡着的时候，他闻到了甲

板上柏油的气味，还闻到了晨风送来的非洲的气息。

通常，每当闻到陆地吹来的风，他就会醒，穿上衣服去叫醒孩子。可是，今晚上陆地上的风吹来得很早，他在梦中知道时间还早，因此继续进入梦乡，梦见了从海上崛起的白茫茫的岛顶，还梦见了加那利群岛的各个港口和抛锚的地方。

他不再梦见风暴，不再梦见女人，不再梦见惊险的大事，不再梦见大鱼、搏斗、角力，也不再梦见他的妻子。他现在只是梦见一些地方和海滩上的狮子。它们在暮色中如同小猫一般嬉耍着，他爱它们，就像爱这个孩子一样。可是，他从来没有梦到过这个孩子。他从梦中醒来，望望开着的门外的那轮明月，穿上枕着的裤子，然后走到茅棚外面去小便，并顺着大路走去叫醒孩子。清晨的寒气使他冷得直打哆嗦。他知道哆嗦一阵后身上就会暖和些，要不了多久他就要去划船了。

孩子住的房门没上锁，他轻轻推开门，光着脚悄悄地走进了屋。孩子睡在外间的小帆布床上，老人借着从外面射进来的暗淡的月光可以清楚地看到孩子。他轻轻握住孩子的一只脚。孩子被弄醒了，转过脸望着他。老人点点头，孩子便从床旁边的椅子上拿起他的裤子，坐在床边穿上。老人走出了门，孩子紧紧跟在他的后面，总是打瞌睡，老人用胳膊搂住他的肩膀，说了声"对不起"。

"哪里，"孩子说，"男子汉就应该这样。"

他们向老人的茅棚走去，一路上，黑暗中有些光脚的人们扛着他们的桅杆在路上走着。他们走进老人的茅棚，孩子拿起放在篮子里的钓丝卷儿、鱼叉和鱼钩，老人把桅杆连同收起的那面帆扛在肩上。

"想喝咖啡吗？"孩子问。

"我们先把这些东西送到船上，然后再去喝咖啡。"他俩在渔人早市上喝着用炼乳听盛着的咖啡。

"你睡得好吗，老大爷？"孩子问。他终于驱走了睡魔，头脑恢复了清醒。

"睡得好极了，曼诺林，"老人说，"我感到今天挺有把握。"

"我也这样认为，"孩子说，"那我现在去给你拿沙丁鱼，还有给你的新鲜的鱼饵。他们那条船上的渔具让他自己去拿，他从来都不需要别人帮他拿东西。"

"我们可不一样。"老人说，"你五岁的时候我就让你帮我拿东西了。"

"我记得，"孩子说，"你再喝一杯咖啡吧，我马上就回来。我们在这儿可以赊账的。"

他走了，光着脚踏着珊瑚石铺的路朝着放鱼食的冷藏室走去。老人慢慢地喝着咖啡，这是他一整天的饮食，他一定要喝完它。长久以来，吃饭倒成了让他讨厌的事情，他从来不随身带吃的。他在船头上放了一瓶水，一整天只需它就足够了。过了不久，孩子用报纸包了沙丁鱼和两个鱼饵回来了，他俩脚踩着沙石，顺着一条小路走向小船，把船解开，轻轻地滑到水里去。

"祝您交好运，老大爷。"

"祝你交好运。"老人说。他把桨上的绳圈套在桨座的钉子上，身子朝前倾，把桨叶往水里一撑，在黑暗中开始划出港口。

🍀 牵手阅读

　　圣地亚哥是一个靠打鱼为生的老人，他年迈力衰、贫穷背运、孤独无靠，岁月和命运几乎夺去了他的一切。虽然他也有过妻子，但是去世的妻子早已成了画中人。虽然他也有过年轻时的辉煌，并曾在角斗中荣获过人人称美的"冠军"，但是如今他也只是一个"独自驾船在湾流中打鱼的老人"。他已经坦然接受了生活中的孤独和无助，能够正视生活的艰辛、存在的艰难，并养成了坚忍不拔的精神。圣地亚哥与自然的搏斗虽不如硝烟弥漫的战场那样惊心动魄、那样惨烈，但却给人强有力的无声的震撼。

老师真的可怕吗

　　老师在学生眼中，都是一副威严的形象。老师如果没有威严，学生对老师没有一点敬畏之心，那么，其教育影响的效果也会是打折扣的。可是，老师真的可怕吗？

藤野先生

鲁迅　著

　　东京也无非是这样。上野的樱花烂漫的时节，望去确也像绯红的轻云，但花下也缺不了成群结队的"清国留学生"的速成班，头顶上盘着大辫子，顶得学生制帽的顶上高高耸起，形成一座富士山。也有解散辫子，盘得平的，除下帽来，油光可鉴，宛如小姑娘的发髻一般，还要将脖子扭几扭。实在标致极了。

　　中国留学生会馆的门房里有几本书买，有时还值得去转一转；倘在上午，里面的几间洋房里倒也还可以坐坐的。但到傍晚，有一间的地板便常不免要咚咚咚地响得震天，兼以满房烟尘斗乱；问问精通时事的人，答道，"那是在学跳舞。"

　　到别的地方去看看，如何呢？

　　我就往仙台的医学专门学校去。从东京出发，不久便到一处驿站，写道：日暮里。不知怎地，我到现在还记得这名目。其次却只记得水户了，这是明的遗民朱舜水先生客死的地方。仙台是一个市镇，并不大；冬天冷得厉害；还没有中国的学生。

大概是物以稀为贵罢。北京的白菜运往浙江，便用红头绳系住菜根，倒挂在水果店头，尊为"胶菜"；福建野生着的芦荟，一到北京就请进温室，且美其名曰"龙舌兰"。我到仙台也颇受了这样的优待，不但学校不收学费，几个职员还为我的食宿操心。我先是住在监狱旁边一个客店里的，初冬已经颇冷，蚊子却还多，后来用被盖了全身，用衣服包了头脸，只留两个鼻孔出气。在这呼吸不息的地方，蚊子竟无从插嘴，居然睡安稳了。饭食也不坏。但一位先生却以为这客店也包办囚人的饭食，我住在那里不相宜，几次三番，几次三番地说。我虽然觉得客店兼办囚人的饭食和我不相干，然而好意难却，也只得别寻相宜的住处了。于是搬到别一家，离监狱也很远，可惜每天总要喝难以下咽的芋梗汤。

　　从此就看见许多陌生的先生，听到许多新鲜的讲义。解剖学是两个教授分任的。最初是骨学。其时进来的是一个黑瘦的先生，八字须，戴着眼镜，挟着一叠大大小小的书。一将书放在讲台上，便用了缓慢而很有顿挫的声调，向学生介绍自己道：

　　"我就是叫作藤野严九郎的……"

　　后面有几个人笑起来了。他接着便讲述解剖学在日本发达的历史，那些大大小小的书，便是从最初到现今关于这一门学问的著作。起初有几本是线装的；还有翻刻中国译本的，他们的翻译和研究新的医学，并不比中国早。

　　那坐在后面发笑的是上学年不及格的留级学生，在校已经一年，掌故颇为熟悉的了。他们便给新生讲演每个教授的历史。这藤野先生，据说是穿衣服太模胡了，有时竟会忘记带领结；冬天是一件旧外套，寒颤颤的，有一回上火车去，致使管车的疑心他是扒手，叫车里的客人大家小心些。

他们的话大概是真的，我就亲见他有一次上讲堂没有带领结。

过了一星期，大约是星期六，他使助手来叫我了。到得研究室，见他坐在人骨和许多单独的头骨中间，——他其时正在研究着头骨，后来有一篇论文在本校的杂志上发表出来。

"我的讲义，你能抄下来么？"他问。

"可以抄一点。"

"拿来我看！"

我交出所抄的讲义去，他收下了，第二三天便还我，并且说，此后每一星期要送给他看一回。我拿下来打开看时，很吃了一惊，同时也感到一种不安和感激。原来我的讲义已经从头到末，都用红笔添改过了，不但增加了许多脱漏的地方，连文法的错误，也都一一订正。这样一直继续到教完了他所担任的功课：骨学、血管学、神经学。

可惜我那时太不用功，有时也很任性。还记得有一回藤野先生将我叫到他的研究室里去，翻出我那讲义上的一个图来，是下臂的血管，指着，向我和蔼的说道：

"你看，你将这条血管移了一点位置了。——自然，这样一移，的确比较的好看些，然而解剖图不是美术，实物是那么样的，我们没法改换它。现在我给你改好了，以后你要全照着黑板上那样的画。"

但是我还不服气，口头答应着，心里却想道：

"图还是我画的不错；至于实在的情形，我心里自然记得的。"

学年试验完毕之后，我便到东京玩了一夏天，秋初再回学校，

成绩早已发表了，同学一百余人之中，我在中间，不过是没有落第。这回藤野先生所担任的功课，是解剖实习和局部解剖学。

　　解剖实习了大概一星期，他又叫我去了，很高兴地，仍用了极有抑扬的声调对我说道：

　　"我因为听说中国人是很敬重鬼的，所以很担心，怕你不肯解剖尸体。现在总算放心了，没有这回事。"

　　但他也偶有使我很为难的时候。他听说中国的女人是裹脚的，但不知道详细，所以要问我怎么裹法，足骨变成怎样的畸形，还叹息道，"总要看一看才知道。究竟是怎么一回事呢？"

　　有一天，本级的学生会干事到我寓里来了，要借我的讲义看。我检出来交给他们，却只翻检了一通，并没有带走。但他们一走，邮差就送到一封很厚的信，拆开看时，第一句是：

　　"你改悔罢！"

　　这是《新约》上的句子罢，但经托尔斯泰新近引用过的。其时正值日俄战争，托老先生便写了一封给俄国和日本的皇帝的信，开首便是这一句。日本报纸上很斥责他的不逊，爱国青年也愤然，然而暗地里却早受了他的影响了。其次的话，大略是说上年解剖学试验的题目，是藤野先生在讲义上做了记号，我预先知道的，所以能有这样的成绩。末尾是匿名。

　　我这才回忆到前几天的一件事。因为要开同级会，干事便在黑板上写广告，末一句是"请全数到会勿漏为要"，而且在"漏"字旁边加了一个圈。我当时虽然觉到圈得可笑，但是毫不介意，这回才悟出那字也在讥刺我了，犹言我得了教员漏泄出来的题目。

　　我便将这事告知了藤野先生；有几个和我熟识的同学也很不

平，一同去诘责干事托辞检查的无礼，并且要求他们将检查的结果，发表出来。终于这流言消灭了，干事却又竭力运动，要收回那一封匿名信去。结末是我便将这托尔斯泰式的信退还了他们。

中国是弱国，所以中国人当然是低能儿，分数在 60 分以上，便不是自己的能力了：也无怪他们疑惑。但我接着便有参观枪毙中国人的命运了。第二年添教霉菌学，细菌的形状是全用电影来显示的，一段落已完而还没有到下课的时候，便影几片时事的片子，自然都是日本战胜俄国的情形。但偏有中国人夹在里边：给俄国人做侦探，被日本军捕获，要枪毙了，围着看的也是一群中国人；在讲堂里的还有一个我。

"万岁！"他们都拍掌欢呼起来。

这种欢呼，是每看一片都有的，但在我，这一声却特别听得刺耳。此后回到中国来，我看见那些闲看枪毙犯人的人们，他们也何尝不酒醉似的喝采，——呜呼，无法可想！但在那时那地，我的意见却变化了。

到第二学年的终结，我便去寻藤野先生，告诉他我将不学医学，并且离开这仙台。他的脸色仿佛有些凄然，似乎想说话，但竟没有说。

"我想去学生物学，先生教给我的学问，也还有用的。"其实我并没有决意要学生物学，因为看得他有些悲哀，便说了一个慰安他的谎话。

"为医学而教的解剖学之类，怕于生物学也没有什么大帮助。"他叹息说。

将走的前几天，他叫我到他家里去，交给我一张照片，后面

写着两个字道："惜别"，还说希望将我的也送他。但我这时适值没有照相了；他便叮嘱我将来照了寄给他，并且时时通信告诉他此后的状况。

我离开仙台之后，就多年没有照过相，又因为状况也无聊，说起来无非使他失望，便连信也怕敢写了。经过的年月一多，话更无从说起，所以虽然有时想写信，却又难以下笔，这样的一直到现在，竟没有寄过一封信和一张照片。从他那一面看起来，是一去之后，杳无消息了。

但不知怎地，我总还时时记起他，在我所认为我师的之中，他是最使我感激，给我鼓励的一个。有时我常常想：他的对于我的热心的希望，不倦的教诲，小而言之，是为中国，就是希望中国有新的医学；大而言之，是为学术，就是希望新的医学传到中国去。他的性格，在我的眼里和心里是伟大的，虽然他的姓名并不为许多人所知道。

他所改正的讲义，我曾经订成三厚本，收藏着的，将作为永久的纪念。不幸七年前迁居的时候，中途毁坏了一口书箱，失去半箱书，恰巧这讲义也遗失在内了。责成运送局去找寻，寂无回信。只有他的照相至今还挂在我北京寓居的东墙上，书桌对面。每当夜间疲倦，正想偷懒时，仰面在灯光中瞥见他黑瘦的面貌，似乎正要说出抑扬顿挫的话来，便使我忽又良心发现，而且增加勇气了，于是点上一枝烟，再继续写些为"正人君子"之流所深恶痛疾的文字。

十月十二日

✿ 生病的老师

【意】亚米契斯　著　米诺　译

昨天下午我探望了因过度劳累而生病的老师。他每天要教五小时的文化课和一小时的体育课，晚上还要去夜校上两小时课，从早到晚没有休息，这才生了病。我上到四楼按门铃，仆人把我带进狭小阴暗的房间，老师躺在床上，胡须长得很长了。我走近床前，老师看见我，深情地说：

"好孩子，安利柯！你来看我了。学校里怎么样？你们大家都好吗？啊！我虽然不在，你们也在好好地用功吧？"

我想回答说"不"，老师就打断了我：

"是的，是的，你们都很尊重我的！"说完就叹了口气。

我看见墙上挂着许多相片。

"你看见了吗？"老师对我说，"这都是二十年前的，他们都是我教过的孩子。我准备死的时候，看着这些相片咽下最后一口气。你将来毕了业，也请你送我一张相片，好吗？"说着把一个橘子塞在我手里，又说：

"没有什么给你的东西，这是别人送来的。"

我凝视着橘子，不觉悲伤起来。

"我和你讲，"老师又说，"我还希望病尽快好起来。万一我好不了了，你要用心学习算术，因为你算术不好。题要一道一道地做，不要心急！要好好地用功啊！绝没有做不到的事！"

这时老师的呼吸急促起来，神情很痛苦。

"我还在发烧呢！"老师叹息说，"我的日子已经不多了！所以希望你好好用功！快回去吧！不要再来看我了！我们争取在学校里见吧！如果不能再见面，希望你会时时想起我，在四年级的时候曾经教过你的老师，一直都爱着你！"

听他这样说，我都要哭了。

"把头伸过来！"老师说着在我头上吻了一下，把头转了过去。我飞快地跑下了楼梯，想赶紧投入母亲的怀抱。

🍀 牵手阅读

　　老师的爱永远是一剂慰藉心灵的良药，撒播在每一位做学生的心间，像丝丝暖流，温暖感怀，历久弥新。本文中，安利柯去探望他生病的老师，老师已经很大年纪了，他不在乎自己的身体，却时刻挂念着学生，大大的墙上，挂的都是学生的照片，更是老师满满的爱。

我给海妖当家教

北董 著

A

我这样的顽皮女孩——这可不是我自己说的，谁也不愿意说自己是顽皮女孩，是我爸爸我妈妈和八角城的人说的，他们嫌我忒淘——像我这样的顽皮女孩，而且功课平平，而且不过是五年级的小学生，是不可能给谁当家教的。我也从没想过去当家教。可是——

那天早上，我在舢板大街上遇见一个半大老头，他问我愿不愿意当家教，我想胡来一下，就说："愿意呀！你一节课给我多少银子呢？"

他问我："你会算 27 加 35 吗？"

我一听，差点儿乐趴了，莫说两位数加法，两位数乘法我也会呀！我说我会，他说你真会吗？可不能骗我哟！我说我若骗你，就让我变——正好有一位老奶奶遛狗——我说就让我变狗！他就笑了，挺憨厚的样子。他说："那我们走吧，报酬不是大事，我不会亏待你的。如果我不能让你满意，我也变狗！"

他竟有一辆海蓝色的小轿车。

我们上车以后，小轿车开起来，真快啊。可是出城以后车就变成了一支拖把，飞起来，呼呼的大风撩着我的衣裙，头发也开了花。我有几分害怕，大声喊："怎么回事呀？停下！你是谁呀？"

他也大声地喊："我是海妖！我们乘坐的是潮生草拖把！你别怕，汐伯古尔不会害你的！"

海妖？我的老天爷！潮生草拖把？没听说过！

你不要以为我要跳下去，你不要以为我撑不住了，你不要以为我已经后悔说愿意当家教；一个顽皮女孩，敢在传达室屋顶上倒竖蜻蜓的女孩，遇上了蹊跷事，不弄个水落石出是不会甘心的！刚才那几分害怕，已经被好奇心冲淡了。

潮生草拖把"欻啦"一声，落在大海里。这个自称海妖的家伙，在我的太阳穴上抹了一点透凉风的东西。

"啥呀？"我摸摸，滑腻腻的。

"防溺膏。"他说，"对你来说，它是必需的。"

我试着蹲了一下，让海水淹过头顶，果然一点儿不呛。

他就领着我来到他家里。

B

海妖家一共三口人，半大老头叫汐伯古尔，女海妖——就是他的妻子，叫汐娜赖达，他们的小女孩叫汐莱伊佳。

汐莱伊佳将是我的学生。

"叔叔，要我教她点什么呢？"我问汐伯古尔，"两位数的加法吗？"

"莫急呀，"汐伯古尔叹口气，说，"你先听听我们的境况吧！我们海底有许多部落，我们是海螺人部落，我是部落长。这许多部落，世世代代和睦相处。可是最近章鱼部落出了个八带熊，力大无穷，残忍又狡猾。他有一面毒音鼓，以敲打出剧毒的鼓声来杀害对手，要称王称霸。——汐娜赖达，给客人看看八带熊作孽的记录吧！"

女海妖汐娜赖达递给我一根长着鱼鳞的黑管子，跟单筒望远镜似的。我从里面看到了八带熊用毒音鼓杀害一群美人鱼的情景：八带熊疯狂地敲鼓，美人鱼听见鼓声就站立不稳，很快就七窍流血，倒地而死，真惨啊！

"惩罚坏人的秘咒，"汐伯古尔说，"藏在一座无限古老的龙骨塔里。可是我们不能破解进入龙骨塔的密码，那需要算数。我们海螺人部落不识数，别的部落，也都不识数。我们都是算数盲。"

我说："那我就不明白了，你们连魔法都会，怎么会不识数呢？"

汐伯古尔说："魔法是遗传的，算数不遗传。我们连 9 加 7 都不会计算。"

我仍然有些怀疑，就试探地问小海妖汐莱伊佳："你说说，2 加 3 等于几？"

汐莱伊佳眨巴着大眼睛，挺费劲地思考了好一阵，才说："你说的是大 2 还是小 2 呢？3 呢，到底是多大的 3？"

我被她问糊涂了。我举起两只手，拿手丫比画出 2 和 3，"汐莱伊佳，我问你，2 加 3 等于几！什么大 2 小 2 的呀？"

她说："难道你以为 1 头鲸鱼的 1 和一只磷虾的 1 一样大吗？你还当老师呢！"

完了！麻烦！海螺人部落真的不识数！汐伯古尔告诉我，海螺人部落里的算数大师才会算 27 加 35，一般小学毕业生能算到 4 加 5 就非常不错了。

我的天啊！

C

我费了九牛二虎之力，耗干了唾沫，磨破了嘴皮。

我说，1 就是 1，没有大的 1 和小的 1。鲸鱼虽然非常大，磷虾虽然非常小，可是鲸鱼的 1 和磷虾的 1 是一样的。

"一个妈妈和一个爸爸呢？ 1 也一样大吗？"

"当然！一个太阳和一颗星星，1 也是一样大！"

"一片海和一朵浪花的 1，也一样大！对么？"

"对的！"

"明白了。那 2 呢？"小海妖汐莱伊佳倒也认真。

"2 也一样，不分大小。"

她终于懂得了自然数的概念。

我乘胜前进，教会了她一位数的加法。

这成果，让汐伯古尔夫妻大为吃惊。

"了不起，了不起啊！"汐伯古尔夫妻拿出大捧的夜明珠来酬谢我，"收起来，一点心意，收起来，归你了！"

我说你们先收着，我们学习要紧。

"那么，你能教娃娃算算 27 加 35 吗？或者说，大约还需要

几个月？"汐伯古尔问。

我说："27 加 35 算啥呀！没问题嘛，小菜一碟嘛！"

"奇迹！奇迹哟！"女海妖殷勤地为我递小点心和海洋水果。

"教完以后，我还不想走呢，"我说，"我想了解一下你们那龙骨塔开门的密码。"

"那可不行！"汐伯古尔摇头说："那塔门的密码，只能由我们海公民来破解，外人不灵。"

我说那我就快快教汐莱伊佳吧。

小海妖算数一旦入了门儿，就上来了兴趣，不厌其烦地算啊，问啊，连吃饭睡觉都顾不上了。终于，她学会了两位数加法。

汐伯古尔夫妻高兴得手舞足蹈。"我们家出大师啦！福分啊，福分！幸运啊，幸运！"汐伯古尔不断地念叨。

我心想，这"大师"的含金量也实在太低了！

这天黄昏，汐伯古尔带着我和小海妖，悄悄来到了漠漠大海沟里的龙骨塔前。

宝塔非常高大雄伟。我区分不出镌刻得遍布塔身的是图像还是文字，但是能够看出那份古老和神秘。四面八方的浪花一齐向宝塔涌来，形成翻卷之势，那宝塔就成了一根粗壮的花蕊。

两扇宽大的朱红色塔门紧闭着，门楣上镌有一行怪字：

1 叮叮，7 咣咣，□哗哗，□嘟嘟，49 叽叽，71 叭叭，□嘟嘟，127 呼呼，161 咳咳，□咔咔……

"能记住吗？多么古怪的咒语！"汐伯古尔望着我的脸，问道。

幸好他没问我能不能给这古怪的咒语做填空。

我明白，他怕我难为情啊。

"记……住了。"我挺没底气地说。

说实话，我犯难了。

D

我对汐伯古尔说，我得回一趟家了，我有急事。

汐伯古尔意味深长地笑笑，说：

"我知道，你不会再来了，带上珠子，我一家人谢谢你呀！"

"不！"我说，"我一定来！如果我说谎，还是让我变狗！"

为了证明我的诚心，我没有收取他赠给我的夜明珠，我一颗都没收。

我乘坐了一支潮生草拖把，返回八角城，赶紧到学校找数学老师。

老师对我这从不好学的女孩来讨教算数感到惊讶。他看完缺字的魔咒，在纸上写画了几回，说："这应当是个 2^n-1 的数列，不难。你可以填填试试。"

我怎么懂数列！

老师就耐心地给我讲。n 是自然数 1，2，3，4，5……；平方就是两个相同的数相乘，也可以说是自己乘以自己，2 的平方就是 2 乘以 2，3 的平方就是 3 乘以 3……

就这样，我填出了"1 叮叮，7 咣咣，17 哗哗，31 嘟嘟，49 叽叽，71 叭叭，97 嘟嘟，127 呼呼，161 咳咳，199 咔咔……"

我第二次来到了海妖汐伯古尔家。

小汐莱伊佳听我讲数列，讲减法，讲乘法，她听得特别吃力，老喊头疼。

汐伯古尔和汐娜赖达夫妻为了给女儿助兴，也参加进来。不过，这对夫妻毕竟年岁大了，尽管也点头，也"哦哦"，我却看得出他们是越听越糊涂。倒是小汐莱伊佳终于懂了。"我懂了，"她说，"我真的懂了，我记住了！"

那天，整个海螺人部落都集中到龙骨塔下，等待小海妖汐莱伊佳打开塔门。海螺人们的目光里充满了期待，一种异常的宁静，让我都感到了特别的担心失败的紧张。

汐莱伊佳手持一把海晶石镶柄的龙角刀，她等待按照女儿的答案刻字，给魔咒填上所有的空白。

"1 叮叮——"汐莱伊佳喊道，"7 咣咣，17 哗哗，31 嘟嘟，49 叽叽……"

龙角刀在宝塔门楣上錾出一簇簇火花，煅得海水白汽四射。最后的数字刚刚錾完，咕隆隆几声巨响，沉重的塔门打开了。

立刻，欢呼声惊得波涛汹涌。

可是，海螺人面对着神秘莫测的宝塔大门，却没人敢进去。

"大家等我！"小汐莱伊佳高举手臂喊了一声，就大踏步走了进去。

不一会儿，她抱出一个水晶匣子，举过头顶大叫道："找到了——我找到了——"

我留意到，汐伯古尔的面色格外沉静。他上前把匣子从女儿手里接过来，小心翼翼地打开，看了看，点了点头，脸上露出不易察觉的微笑。

"大家先回去吧！"汐伯古尔对族人说，"我们有理由相信，我们的光明就在前面，大家等一等吧！"

　　我小声问汐伯古尔，匣子里面到底有什么呢？

　　汐伯古尔告诉我，匣子里的秘咒说，毒音鼓声是一种编码，我们可以用一个月的时间喂养出一种撕声鸟，这种宝贝鸟，能够冲上去撕碎毒音鼓的声音，也就是打乱它的密码，毒音鼓就失效了。"坏人自然不会长久了！"他说，"海底世界也就安宁了！"

　　"可是鸟……"汐莱伊佳着急，她在琢磨编码的事情。

　　"娃你别急嘛！"汐伯古尔拦住了女儿的话茬，转脸对我说，"我们能有今天，实在多亏了您啊！我们有一个打算，我和汐莱伊佳是商量再三的，想与您合计合计呢……"

　　"您说吧！"

　　"我们想请你给我们小学校讲算数，多培养一些算数大师，你肯答应我吗？"

　　"我愿意！"我挺兴奋地说。

　　"那可太谢谢啦！"汐伯古尔神色肃穆地后退一步，朝我深鞠一躬，抬起头来说，"我代表我们全族人谢您啦！"

　　这一躬，鞠得我热血沸腾，心潮澎湃。

　　当然，我得先回八角城，我得上学。说句心里话，我得给自己充电啊。

　　我乘坐着潮生草拖把往回飞，回头看看波涛滚滚的大海，是那么留恋。

　　小海妖汐莱伊佳，你等我！

　　海螺人部落的小朋友们，你们等我！

童年的风景

童年，是上天送给我们最好的礼物。它允许我们在泥巴里玩耍，允许我们肆无忌惮地大笑，允许我们为小事号啕大哭，允许我们自由地在草原上奔驰。童年给予每个人太多的"特别待遇"，不管我们做了什么不合逻辑的事，都不会有人说我们幼稚、骂我们孩子气。童年是广阔的梦工厂，让我们有编不完的梦想，讲不完的故事。

爷爷他们也有过绰号

任溶溶 ·著

我家今天可热闹了，

客人来了四位，

是爷爷的小学同学，

全都六七十岁。

他们像是返老还童，

讲小学的时光，

我听下来他们那会儿，

就跟我们一样。

他们同样爱吵爱闹，

也喜欢开玩笑，

他们也互相取一些很亲昵的绰号。

取绰号得有点本事，

抓住对方特征，

我就因为脚外八字，

绰号叫卓别林。

可是你们倒来听听，

他们那些绰号，

他们根本对不上号，

甚至完全颠倒。

这位爷爷叫"大块头"，

可他骨瘦如柴；

这位爷爷倒叫"排骨"，

尽管胖得厉害。

这位爷爷叫作"大头"，

可他的头正好，

这位爷爷比谁都矮，

可他叫作"长脚"。

只有一位一点儿不错，

"老头儿" 是他的绰号，

因为他正是位老头儿，

地地道道。

天上唱的歌

大家或许也有绰号，

倒也不妨想想，

等到做了爷爷，或者奶奶，

它们

——这些绰号——

将会怎样？

最后的买卖

【印】泰戈尔　著　郑振铎　译

早晨，我在石铺的路上走时，我叫道："谁来雇用我呀。"

皇帝坐着马车，手里拿着剑走来。

他拉着我的手，说道："我要用权力来雇用你。"

但是他的权力算不了什么，他坐着马车走了。

正午炎热的时候，家家户户的门都闭着。

我沿着弯曲的小巷走去。

一个老人带着一袋金钱走出来。

他斟酌了一下，说道："我要用金钱来雇用你。"

他一个一个地数着他的钱，但我却转身离去了。

黄昏了，花园的篱上满开着花。

美人走出来，说道："我要用微笑来雇用你。"

她的微笑黯淡了，化成泪容了，她孤寂地回身走进黑暗里去。

太阳照耀在沙地上，海波任性地浪花四溅。

一个小孩坐在那里玩贝壳。

　　他抬起头来，好像认识我似的，说道："我雇你不用什么东西。"

　　从此以后，在这个小孩的游戏中做成的买卖，使我成了一个自由的人。

🍀 牵手阅读

　　孩子的爱和追求，像一道炫目的彩虹，对冰冷的人生，黑暗的现实，显然是一种反衬。童真，既是反抗黑暗现实的勇士，又是通向光明世界的航灯。本诗中，孩子不愿雇用给皇帝的权力，不愿雇用给富翁的金钱，也不愿雇用给美人的微笑，却欣然受雇于正在沙滩上玩弄贝壳的小孩，尽管小孩没有给他什么东西，但是在小孩的游戏中做成的买卖，会使他成为一个自由的人。

小王子（节选）

【法】圣-埃克絮佩里 著 夏洛 译

十

在附近的宇宙中，还有 325、326、327、328、329、330 等几颗小行星。小王子开始逐一访问这几颗星球，想在那里找点事干，长长见识。

第一颗星球上住着一位国王。他穿着用紫红色和白底黑花的毛皮做成的大礼服，坐在一个简单却又十分威严的宝座上。

看到小王子的到来，国王喊了起来：

"啊，来了一个臣民。"

小王子不禁问自己：

"他从来也没有见过我，怎么会认识我呢？"

他哪里知道，在国王的眼中，世界是非常简单的：所有的人都是他的部下。

国王十分骄傲，因为他终于能像国王一样统治别人了。他对小王子说道：

"过来，让我好好看看你。"

小王子看看四周，想找个地方坐下来，可是整个星球被国王身上那件华丽的白底黑花皮袍占满了。他只好站在那里，但是因为太累了，就打起哈欠来。

国王对他说："在一个国王的面前打哈欠是违反礼节的。我不许你打哈欠。"

小王子羞愧地说道："我实在忍不住，我千里迢迢来到这里，还没有睡觉呢。"

国王说："那好吧，我允许你打哈欠。我已经很多年没看见过任何人打哈欠了。对我来说，打哈欠倒是新奇的事。来吧，再打个哈欠！这是命令。"

"这倒叫我有点紧张，反倒打不出哈欠了。"小王子红着脸说。

"唔！唔！"国王回答道，"那么我命令你忽而打哈欠，忽而——"

他嘟嘟囔囔，看起来似乎生气了。

国王只是想要保持他的威严，受到一个国王应有的尊敬。他不能容忍违抗他的命令。他是一位专制的君主。可是，他却十分善良，他下的命令都是有理智的。

他常常说："如果我让一位将军变成一只海鸟，而这位将军不服从我的命令，那么这就不是将军的过错，而是我的过错。"

小王子腼腆地试探道："我能坐下吗？"

"我命令你坐下。"国王一边回答，一边庄重地把他那白底黑花皮大襟动了动。

有一件事让小王子很疑惑：这么小的行星，国王他对什么进行统治呢？

他对国王说："陛下，请原谅，我想问您——"

国王急忙抢着说道："我命令你问我。"

"陛下，您统治什么呢？"

国王直截了当地说："我统治一切。"

"一切？"

国王轻轻地用手指着他的星球和其他的星球，以及所有的星星。

小王子说："统治这一切？"

"统治这一切。"

原来他不但统治所有这些，也统治整个宇宙。

"那么，星星都服从您吗？"

"那当然！"国王对他说，"它们立即就得服从。我不容抗命。"

这样的权力使小王子惊叹不已。如果拥有了这样的权力，那么，他一天就不只是看到四十三次日出落，而是可以看到七十二次，甚至一百次，或是二百次日落，连椅子都不用挪动了！这时他想起了他那被遗弃的小星球，心里有点儿难过，他大胆地向国王提出了一个请求：

"我想看日落，那么请您命令太阳落山吧。"

国王说道："如果我命令一个将军如一只蝴蝶那样从一朵花飞到另一朵花上，或者命令他写出一个悲剧，又或者变一只海鸟，而如果这位将军接到命令不执行的话，那么，是他不对还是我不对呢？"

"那当然是您的不对。"小王子肯定地回答。

"这就对了，"国王接着说，"向每个人提出的要求应该是他们所能做到的。权威首先应该建立在理性的基础上。要是命令你的百姓去跳海，他们一定会起来反抗的。我的命令是合理的，所以我有权要别人服从。"

"那么我提出的日落呢？"小王子一旦提出一个问题，便不会罢休。

"你会看到日落的。我一定要太阳落山，不过按照我的统治科学，我必须等到条件成熟的时候。"

小王子问道："这要等到什么时候呢？"

国王在回答之前，首先翻看了一本厚厚的日历，嘴里慢慢说道："唔——唔——日落大约——大约——在今晚七时四十分的时候！你将看到我的命令一定会被服从的。"

小王子又打起哈欠来了。他为没看到日落而惋惜。他有点儿厌烦了，便对国王说："我没有必要再待在这儿了，我要走了。"

这位刚刚有了一个部下的国王说道：

"别走，别走。我任命你当大臣。"

"什么大臣？"

"司法大臣！"

"可是，这儿并没有人需要审判。"

"这就难说了，"国王说道，"我已经老了，我这地方又小，没有放銮驾的地方，另外，一走路我就累。因此我还没有巡视过我的每一寸国土呢！"

"噢！可是我已经看过。"小王子说道，并探身向星球的另一侧看了看。

那边并没有人。

"那么你就审判你自己呀！"国王回答他说，"这可是最难的了。审判自己比审判别人可难多了！你要是能审判好自己，你才是一个真正有才智的人。"

"我嘛，随便在什么地方我都可以审判自己，所以我没有必要留在这里。"

国王又说："我想，在我的星球上有一只老耗子。我常在夜里听见它的声音，你可以审判它，还可以判处它死刑，因此它的生命取决于你的判决。可是，你要有节制地使用这只耗子，每次判它死刑后都要赦免它，因为只有这一只耗子。"

"可是我不愿判它死刑，我想我还是走吧。"小王子回答道。

"不行。"国王说。

但是小王子已经准备要走了，他不想使老国王难过，便说道：

"如果国王陛下想要我服从，你可以给我下一个合理的命令。比如说，你可以命令我，一分钟内必须离开。这个命令对我来说很合理。"

国王什么也没有回答。起初，小王子有些犹疑不决，随后叹了口气，便离开了。

"我命令你当我的大使。"国王匆忙地喊道。

国王显出非常有权威的样子。

"这些大人真奇怪。"小王子边走边说。

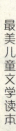

十一

第二个行星上住着一个爱虚荣的人。

"噢！一个仰慕我的人来拜访了！"这个爱慕虚荣的人一见到小王子，老远就叫喊起来。

在那些爱虚荣的人眼里，别人都是他们的仰慕者。

"你好！"小王子说道，"你的帽子很奇怪。"

"这是用来行礼的帽子。"爱虚荣的人回答道，"当人们向我欢呼的时候，我就用帽子向他们致意。只可惜，没有一个人从这里经过。"

小王子没明白他说的是什么，说道："啊？是吗？"

爱虚荣的人向小王子建议道："你用一只手去拍另一只手。"

小王子就拍了一下手。这位爱虚荣者就谦逊地举起帽子向小王子致意。

小王子心想："这比访问那位国王有趣多了。"于是他又拍起一下手。爱虚荣者又举起帽子来向他致意。

五分钟后，小王子对这种单调的把戏有点厌倦了，便说：

"你怎样才会把帽子放下来呢？"

可是这回爱虚荣者听不进他的话，因为凡是爱虚荣的人都只听得进赞美的话。

他问小王子道："你真的仰慕我吗？"

"仰慕是什么意思？"

"仰慕嘛，就是承认我是星球上最英俊，最会穿衣服，最富有，最聪明的人。"

"可您是您星球上唯一的人呀！"

"拜托，那你也可以仰慕我啊！"

小王子轻轻地耸了耸肩膀，说道："我仰慕你，可是，这有

什么值得着迷的呢？"

于是小王子就走开了。

小王子在路上自言自语地说："大人们的想法就是古怪。"

十二

小王子拜访的下一个星球上住着一个酒鬼。这次小王子停留的时间很短，可是它却使小王子非常忧伤。

"你在干什么？"小王子问酒鬼，这个酒鬼默默地坐在那里，面前是一堆酒瓶子，有的装着酒，有的是空的。

"我在喝酒。"他阴沉忧郁地回答道。

"你为什么喝酒？"小王子问道。

"为了忘记。"酒鬼回答。

小王子开始可怜酒鬼。他问道："忘记什么呢？"

酒鬼垂下脑袋坦白道："为了忘却我的羞愧。"

"你羞愧什么呢？"小王子很想帮助他。

"我羞愧我酗酒。"酒鬼说完以后就再也不开口了。

小王子迷惑不解地离开了。

在旅途中，他自言自语地说道："大人们实在是很古怪。"

十三

第四个行星属于一个实业家。这个人忙得不得了，小王子到来的时候，他甚至连头都没有抬一下。

小王子对他说："您好，您的烟灭了。"

"三加二等于五，五加七等于十二，十二加三等于十五，你好。十五加七等于二十二,二十二加六等于二十八。我没有时间去再点着它。二十六加五等于三十一。哎哟！一共是五亿一百六十二万二千七百三十一。"

"五亿什么呀？"

"啊？你怎么还在这？五亿一百万——我也不知道是什么了。我的工作实在太多了,我是很严肃的,我可是没工夫去闲聊！二加五得七——"

"五亿一百万什么呀？"小王子重复问道。一旦他提出了一个问题,便不会罢休的。

这位实业家抬起头,说：

"我在这个星球上住了五十四年,只被打扰过三次。第一次是二十二年前,不知从哪里跑来了一只金龟子。它发出一种可怕的噪音,使我在一笔账目中出了四个差错。第二次,是在十一年前,那时因为我缺乏锻炼,所以导致风湿病发作。我没有工夫闲逛,我可是个严肃的人。现在——这是第三次！我计算的结果是五亿一百万——"

"五亿一百万什么？"

这位实业家知道要想安宁是无望的了,就回答道：

"有时会出现在天空中的几百万个小东西。"

"苍蝇吗？"

"不是,是些闪闪发光的小东西。"

"是蜜蜂吗？"

"不是,是金黄色的小东西,这些小东西叫那些懒人们胡思乱想。我是个严肃的人,我没有时间胡思乱想。"

"啊，是星星吗？"

"是的，就是星星。"

"你要拿这五亿星星做什么？"

"是五亿一百六十二万七百三十一颗星星。我是个严肃的人，我要求精确。"

"你要这些星星做什么？"

"我要它做什么？"

"是呀。"

"什么也不做。它们都属于我。"

"这些星星是属于你的？"

"是的。"

"可是我已经见到过一个国王，他——"

"国王并不占有，他们只是进行'统治'。这是两码事。"

"你要这么多星星干什么？"

"它们会让我变得富有。"

"变富有干什么？"

"富了就可以去买别的星星，如果有人发现了别的星星的话。"

小王子自言自语地说："这个人想问题倒有点儿像那个可怜的酒鬼。"

可是他又问了一些问题：

"你又怎么能占有星星呢？"

"那么你说星星是属于谁的？"实业家不高兴地顶了小王子一句。

"我不知道，不属于任何人。"

"那么，它们就是我的，因为是我第一个想到了这件事情的。"

"这就行了吗？"

"那当然。如果你发现了一颗不属于任何人的钻石，那么这颗钻石就是你的了。当你发现一个岛是没有主人，那么这个岛就是你的。当你首先想出了一个办法，你就去领一个专利证，这个办法就是属于你的。既然在我之前没有任何人想到要占有这些星星，那我就占有这些星星。"

"这倒也是。可是你用它们来干什么？"小王子说。

"我经营管理这些星星。我一遍又一遍地计算它们的数目，这可不是一件容易的事。但我是一个严肃认真的人！"

小王子仍然不满足，他说：

"对我来说，如果我有一条围巾，我可以用它来围着脖子戴着走。如果我有一朵花的话，我就可以摘下我的花，并且把它带走。但是，你却不能摘下这些星星呀！"

"我不能摘，但我可以把它们存进银行。"

"这是什么意思呢？"

"这就是说，我把星星的数目写在一片小卡片上，然后把卡片锁在一个抽屉里。"

"这样就行了吗？"

"这样就行了。"

小王子想道："真好玩。这倒蛮有诗意，可是，这可不算是了不起的正经事。"

关于什么是正经事，小王子的看法与大人们的看法是很不同的。他接着又说：

"我有一朵花，我每天都给它浇水。我还有三座火山，我每星期把它们全都打扫一遍。连死火山也打扫。谁知道它会不会再复活。我拥有火山和花，这对我的火山有益处，对我的花也有益处。但是你能为星星做什么呢？"

实业家张着嘴说不出来话了。于是小王子就走了。

在旅途中，小王子只是自言自语地说了一句："这些大人真是奇怪极了。"

十四

第五颗行星很奇怪，它是所有星星中最小的一颗。星球上刚好能容得下一盏路灯和一个点路灯的人。小王子怎么也想不通：这个坐落在天空某一角落，既没有房屋又没有居民的星球上，要一盏路灯和一个点灯的人做什么用。

但他自己猜想："可能这个人脑筋不正常。但他比起国王，比起那个爱虚荣的人，那个酒鬼和实业家，却要好些，至少他的工作还有点意义。当他点亮了他的路灯时，就仿佛使一个星球或一朵花活过来一样。当他熄灭了路灯时，就好像让星星或花朵睡着了似的。这差事真美妙，就是真正有用的了。"

小王子一到了这个星球上，就很尊敬地向点路灯的人打招呼：

"早上好！你刚才为什么把路灯灭了呢？"

"早上好！这是命令。"点灯的回答道。

"是什么命令？"

"就是熄掉我的路灯。晚上好。"

于是他又点亮了路灯。

"那为什么你又把它点亮了呢？"

"这是命令。"点灯的人回答道。

"我不明白。"小王子说。

"没什么要明白的，命令就是命令。早上好。"点灯的回答说。

于是他又熄灭了路灯。然后拿一块红方格子图案的手绢擦了擦额头。

"这工作真要命。以前还说得过去，早上熄灯，晚上点灯，剩下的时间，白天我就休息，夜晚我就睡觉。"

"是后来命令改变了吗？"

点灯的人说："命令没有改，问题就在这里！这颗行星转得一年比一年快，而命令却没有改。"

"结果呢？"小王子问。

"结果现在每分钟转一圈，我连一秒钟的休息时间都没有了。每分钟我就要点一次灯，熄一次灯！"

"这真有趣，你这里每天只有一分钟长？"

"一点儿也没有趣，"点灯的说，"我们俩在一块说话就已经有一个月的时间了。"

"一个月？"

"是啊！三十分钟，三十天！——晚上好。"

于是他又点亮了他的路灯。

小王子看着他，他打心眼儿里喜欢这个忠于职守的人。这时，他想起他自己从前挪动椅子寻找日落的事。他很想帮助他的这位朋友。

"告诉你，我知道一种能让你休息的办法，你想什么时候休息都可以。"

"我想一直休息。"点灯人说。

因为，一个人可以同时是忠实的，又是懒惰的。

小王子接着说：

"你这颗行星这样小，你三步就可以绕它走一圈。你只要慢慢地走，这样便可以一直在太阳的照耀下。以后只要你想休息的时候，你就这样走，那么，你要白天有多长它就有多长。"

"这办法起不到什么作用，生活中我喜欢的就是睡觉。"点灯人说。

"真不走运。"小王子说。

"真不走运。"点灯人说，"早上好。"

于是他又熄灭了路灯。小王子继续上路，自言自语地说道：

"这个人一定会被其他那些人，国王呀，爱虚荣的呀，酒鬼呀，实业家呀，瞧不起。但我觉得他是他们中唯一一个不可笑的人。这可能是因为他所关心的是别的事，而不是他自己。"

他惋惜地叹了口气，并且对自己说道：

"本来他是我唯一可以交成朋友的人。可是他的星球确实太小了，住不下两个人。"

小王没有勇气承认的是：他留恋这颗令人赞美的星球，特别是因为在那里每二十四小时就有一千四百四十次日落！

十五

第六颗行星则要比前一颗星球大十倍。上面住着一位老先生，他在写作大部头的书。

老先生看到小王子到来时，惊讶地叫了起来："瞧，来了一位探险家。"

小王子在桌旁坐下，有点气喘吁吁。他可是赶了很久的路了！

"你从哪里来的呀？"老先生问小王子。

"那本是什么书？你在这里干什么？"小王子问道。

"我是地理学家。"老先生答道。

"什么是地理学家？"

"地理学家，就是学者，他知道所有海洋、江河、城市、山脉和沙漠的位置。"

"这倒挺有意思。"小王子说，"终于遇到了一位真正的专家。"他朝四周看了看这位地理学家的星球。他从未见过一颗如此壮观的星球。

"您的星球真美呀。上面有海洋吗？"

"这我不知道。"地理学家说。

"啊！"小王子大失所望，"那么，山脉呢？"

"这，我不知道。"地理学家说。

"那么，有城市、河流、沙漠吗？"

"这，我也不知道。"地理学家说。

"可是您是地理学家啊！"

"一点儿也不错，"地理学家说，"但是我不是探险家。我手下一个探险家都没有。地理学家是不去计算城市、河流、山脉、海洋、沙漠的。地理学家很重要，不能到处乱跑。他不能离开他的办公室，但他可以在办公室里接见探险家。他询问探险家，把他们的回忆录下来。如果他认为其中某个探险家的回忆是有意思的，那么地理学家就对这个探险家的品德调查一番。"

"这是为什么呢？"

"因为一个说假话的探险家会给地理书带来灾难性的后果。同样，一个太爱喝酒的探险家也是如此。"

"这又是为什么？"小王子说。

"因为喝醉了酒的人很容易把一个看成两个，那么，地理学家就会把只有一座山的地方写成两座山。"

"我认识一个人，他要是搞探险的话，一定不是个好的探险员。"小王子说。

"有这个可能。因此，如果探险家的品德不错，就对他的发现进行调查。"

"亲自去看吗？"

"不。那太复杂了。但是要求探险家提出证据来。例如，如果他发现了一座大山，就要求他带来一些大石头。"

地理学家忽然忙乱起来。

"正好，你是从很远的地方来的，你是个探险家！你来给我介绍一下你的星球吧！"

于是，已经打开笔记本的地理学家，削起他的铅笔来。他首先是用铅笔记下探险家的叙述，等到探险家提出了证据以后再用墨水记下来。

"怎么样？"地理学家问道。

"啊！我那里没有多大意思，那儿很小。我有三座火山，两座是活的，一座是熄灭了的，不过将来的事谁知道呢。"小王子说道。

"就是，将来的事谁知道呢。"地理学家说道。

"我还有一朵花。"

"我是不记载花的。"地理学家说。

"为什么？花是最美丽的东西。"

"因为花的生命是短暂的。"

"什么叫短暂？"

"地理学书籍是所有书中最严肃的书，这类书是从来不会过时的。因为很少会发生一座山变换了位置，很少会出现一个海洋变得干涸。我们要写永恒的东西。"地理学家说道。

"但是熄灭的火山也可能会再复苏呢。"小王子打断了地理学家。

"到底什么叫短暂呢？"

"火山是熄灭了的也好，苏醒的也好，这对我们这些人来说根本没关系。"地理学家说，"对我们来说，重要的是山。山是不会变换位置的。"

"但是，'短暂'是什么意思？"小王子再三地问道。他一旦提出了个问题就不会罢休。

"意思就是：有很快就会消失的危险。"

"我的花是很快就会消失的吗？"

"是的。"

小王子自言自语地说："我的花是短暂的，而且她只有四根刺来防御外敌！可我还把她独自留在家里！"

这是他第一次后悔，但他很快又重新振作起来：

"您认为我接下来该去哪个星球呢？"小王子问道。

"地球吧。"地理学家回答他说。

于是小王子就走了，他一边走一边想着他的花。

牵手阅读

　　主人公小王子是一个来自于外星球的孩子，他居住在一颗只比他大一丁点儿的星球上。他因为和自己心爱的玫瑰花争吵而负气出走，先后来到了几个不同的星球，遇到了国王、爱慕虚荣者、酒鬼、商人、点灯人和地理学家，然而各种见闻却使他忧伤。他理解不了大人的世界，觉得大人真是奇怪极了。

　　《小王子》这部童话情节生动曲折，语言通俗晓畅，具有很强的可读性，是一部充满哲理和诗意的童话。几十年来，它不仅赢得了儿童读者，也为成年人所喜爱。它所表现出的讽刺与幻想、真情与哲理，使之成为法国乃至世界上最为著名的一部童话小说。正如作者在献辞中说：这本书是献给长成了大人的从前那个孩子。

纪念一匹黑马

格日勒其木格·黑鹤　著

　　假如我没记错的话，见到那匹马的时候，我还没有能力用文字来记录自己对这个世界的看法与希望。

　　那是在一个北方小镇的火车站前，也许是记忆的模糊，我记不清自己是走失还是去寻找什么。但是那里对于我并不陌生，当时我并没有感到惊慌，也许我只是想看什么与众不同的东西。

　　于是我在人的腿丛里看到了它，尽管距离很远，我却仍然感到自己的面前耸起了一座黑色的墙。伴随着人群慌乱的闪动，沉重的嘶鸣碰撞着周围的空气。我看到了立在路边的一匹黑夜般纯净的马。

　　巨大，令人难以接受的壮硕，是它留给我的最深刻印象。

　　它并没有腾起两只前蹄，我清楚地记得那可怕的蹄子与我的头同样大小，在那种时候我也找不到更贴切的参照物，但它的蹄子也就是我后来见到的成吨重的高加索种马可以匹敌。显而易见，它的骨架和体型都不是那种被套在车辕里驭使的畜马。它的身上流溢着一种令人猝然清醒的荒野气息。

尽管它并没有扬起前蹄，但车已经倾斜，在辕接触到地面，随着它的动作在地上触来画去。它实在过于高大了，这辆马车对于它来说尴尬得像一个玩具。

我并不知晓这匹马犯下了什么罪过，不过当时在它的头顶上方正舞动着三四条鞭子。在令人窒息的响声中，它们的节奏分明地逐一在黑马的耳边和脖颈上甩出鞭花，在撕扯它黑亮的皮毛时发出清脆的炸响。

它像一个不知所措的巨人，对自己的处境感到茫然。它瞪大了眼睛，在如漆的皮毛下成块的结实肌肉痉挛似的鼓动，鬃毛耸立。它僵硬地转动着脖颈，略显笨拙地躲避着来自四面八方的纷飞鞭影，间或发出并不含愤怒或怨恨意义的嘶鸣。

我最早的关于束缚和自由的概念就是从那个时候开始吧。即使我现在想来，也坚信，只要它愿意，就可以毫不费力地挣脱身上其实不堪一击的挽具，以及在它巨兽般身躯的面前显得过于脆弱的鞭子，撞开人群，跑进草地。

小镇就在草地的边缘，只要冲出镇子它就可以进入广袤无边的草地。

也许当时它只是被主人一时应急从草地上临时抓来套进车辕的，对火车站前喧嚣的人群和身上的挽具感到不安。无论怎么看，那都是一匹更适合在草地上奔跑的马。

当时我想站在我身边的人群一定也受到这匹黑马的感染，感到惊愕以及对自己处境的莫名其妙的恐慌。当然可能只有我产生了这种想法。

在很多年以后的今天我想起它，我无法想象它后来的命运。我甚至已经记不起后来又发生了什么，记忆在那个时刻戛然而止，精确地把它的形象印在我的脑海里。但是我在今天想起它来，只能用一个词来形容——英气逼人。它圆瞪的几乎倾出眼窝的眼睛里并没有恐惧，只是对自己的处境的一种孩子般天真的茫然。那绝对是一种孩子般的天真，一匹成年的马，它的智力也仅仅相当于六岁的孩子。

后来我也见过很多可以用著名来形容的马，包括获得过那达慕赛马冠军的马，甚至以摔伤牧人著称的烈马。但是让我真正以一种眷恋的心情想起的只有那匹黑马，它眼中那种无意的茫然。从那以后，我一直无法接受把马作为驭使的工具这一事实。

儿童总是喜欢夸大自己所见到的一切，随着时间的流逝，会处于某种潜意识的心理按照理想中的一切去逐渐修整并完美自己的记忆。不过这么多年里，我却很少想起它，只有在面对草地或与草地相关的一切时，它的形象才艰难地在我的记忆中浮现，像锋利的黑色刀刃切开记忆已经愈合的创口。对于我，那是一个长久的烙印。

昨天的深夜我已经记不起自己是怎样想起它的。我感谢童年的瞬间在那一刻珍贵的闪动，使这可能与其他很多瞬间一样被淡忘的记忆重新回到我的身边。为了不在第二天早上忘记，我顺手把它记在床头一本书皮上。

第二天开始整理这些文字，发现这零星的印象缩命般地被我写在俄罗斯作家佩列文的《"百事"一代》的书皮上。

也许现在真的已经进入百事时代——正如在草地我们也可以

见到被丢弃的百事可乐的罐子，马在草地上正在逐渐地失去它原来的地位。由于马固有的经济价值无法与牛羊相比，所以也越来越不能受到牧人的重视，草地上成百上千匹的马汇成的马群潮水般席卷而过的场面在成为久远的记忆。

骏马作为一种与草地紧密相连不可分割的文化也正在悲哀地消失。

写下这些，纪念那匹黑色的骏马，曾经给过我最美好童年独立印象的马。以马的年龄计算，现在它已经死去了。但我只有一个愿望，它不是死在尘土飞扬的路途中拉车的辕套上，而是在牧草青翠的某条河边訇然倒下。

爱好昆虫的孩子

【法】法布尔　著　陈平　编译

现在，有许多人总喜欢把人的一切品格、才能、爱好等归于遗传。也就是说承认人类及一切动物的智慧都是从祖先那儿得来的。我并不完全赞同这种观点。我现在就用我自己的故事来证明我那喜爱昆虫的嗜好并不是从哪个先辈身上继承下来的。

我的外祖父、外祖母和祖父母从来没有对昆虫产生过丝毫的兴趣和好感，我的父母也一样。母亲没有受过教育，父亲小时候虽然进过学校，稍稍能读能写，可是为了生活整天忙得不可开交，根本没有时间顾及别的事情，更谈不上爱好昆虫了。有一次当他看到我把一只虫子钉在软木上的时候，他狠狠地打了我一拳，这就是我从他那里得到的鼓励。

尽管如此，从幼年的时候开始，我就喜欢观察和怀疑一切事物。每次忆起童年，我总会想起一件难忘的往事，现在说起来还觉得很有趣。在我五六岁的时候，我就用观察和实证的方法得出了一个对我来说很重要的结论，那就是：我是用眼睛看见太阳光的而不是嘴巴。当我兴致勃勃地将这个重大发现告诉家人时，大家都笑了。

还有一次我在黑夜的树林里听到了断断续续的叮当声大大地引起了我的注意。这种声音显得分外优美而柔和。在寂静的夜里，是谁在发出这种声音？是不是巢里的小鸟在叫？还是小虫子们在开演唱会呢？

我决定要探究一下。我站在那里守候了很久，什么也没有。后来树林中发出一个轻微的响声，仿佛是谁动了一下，接着那叮当声也消失了。第二天，第三天，我再去守候，这种不屈不挠的精神终于获得了回报。嘿！我抓到它了，它不是一只鸟，而是一只蚱蜢，我的同伴曾告诉我它的后腿非常鲜美。这就是我守候了那么长时间所得到的微乎其微的回报。不过我所得意的，倒不是那两只像虾肉一样鲜美的大腿，而是我又学到了一种知识，而且，这知识是我亲自通过努力得来的。现在，从我个人的观察来看，我知道蚱蜢是会唱歌的。

我利用自己这双对于动植物特别机警的眼睛，独自观察着世间一切惊异的事物。尽管那时候我只有六岁，在别人看来什么也不懂。我研究花，研究虫子；我观察着，怀疑着；不是受到了遗传的影响，而只是好奇心的驱使和对大自然的热爱。

不久我到了必须进学校的年龄了。可我并不觉得学校生活比我以前那种自由自在地沉浸在大自然中的生活更有意思。我的教父就是老师，而我的教室也是一个用途很多的屋子。它既是学校，又是厨房；既是卧室，又是餐厅；既是鸡窝，又是猪圈。在那种时代，谁也不会梦想有王宫般富丽堂皇的学校，无论什么破棚子

都可以被认为是最理想的学校。

在这样的一个学校里，我们能学到些什么呢？每一个年纪较小的学生手里都有一本灰纸订成的小书，上面印着字母，封面上画着一只鸽子，确切地说，那只是一种很像鸽子的动物。封面上有一个十字架，是用字母按照一定的顺序排出来的。老师可能觉得这本书很有用，因此把书发给我们，并且解释给我们听。就因为这样，老师总是被那些年纪较大的学生们缠着，没工夫顾及我们这些小不点儿。他还是把书也发给我们，不过其作用只是为了让我们看上去更像学生而已。在这样的环境中，实在是学不到什么东西。

别人都说我们的老师是个很能干的人，他把学校管理得很好。的确，他不是一个等闲之辈，但他也确实不能称作一个好老师，因为缺少一样东西——时间。他替一个出门的地主保管着财产，还照顾着一个极大鸽棚；他还负责指挥干草、苹果、栗子和燕麦的收获，在夏天，我们常常帮着他干活。那时，上课才是一件有趣的事情，因为我们常在干草堆上上课，有时候还会利用上课的时间清除鸽棚，或是消灭那些雨天从墙脚爬出来的蜗牛。这对我来说，倒是正中下怀。

这样一个学校，这样一个老师，对于我那尚未充分表现的特点，将有什么影响呢？我那热爱昆虫的个性，几乎不得不渐渐地枯萎以致永远消失了。但是，事实上，这种个性的种子有着很强的生命力，它永远在我的血液里流淌，从来没有离开过我。它能够随时激发出来或找到滋生的养料，无时无刻不体现出来，甚至在我的教科书的封面上，也能显而易见地看出它的主人的爱好——那里有着一只色彩配合得并不协调的鸽子，它对于我来说，比书本里的 ABC 有意思得多。

露天学校有着更大的诱惑力。当老师带着我们去消灭黄杨树下的蜗牛时，我却常常阳奉阴违，不忍心杀害那些小生命。当我捉到了满手的蜗牛时，我的脚步便迟缓起来了。它们是多么美丽的生物啊！只要我愿意，我能捉到各种颜色的蜗牛：黄色的、淡红色的、白色的、褐色的……上面都有深色的螺旋纹。我挑了一些最美丽的塞进衣兜，以便空闲的时候拿出来看看。

在帮先生晒干草的日子里，我又认识了青蛙。它用自己作诱饵，引诱着河边巢里的虾出来；在赤杨树上，我捉到了青甲虫，它的美丽使天空都为之汗颜；我采下水仙花，并且学会了用舌尖

从它花冠的裂缝处吸取小滴的蜜汁；我也体验到太用力吸花蜜所导致的头痛，不过这种不舒服与那美丽的白色花朵所带给我的赏心悦目的感觉相比，实在是太微不足道了。我还记得这种花的漏斗的颈部有一圈美丽的红色，像挂了一串红色的项链。

在收集胡桃的时候，我在一块荒芜的草地上找到了蝗虫，它们的翅膀长得像一把扇子，有红色的也有蓝色的，让人眼花缭乱。无论在什么地方，我都能源源不断地得到精神食粮，自得其乐。我对于动植物的热爱也自然有增无减，日益弥深。

后来，为了让我用功读书，我得到了一本廉价的《拉封丹寓言》，里面有许多插图，虽然又小又不准确，可是看起来却很有趣。这里有乌鸦、喜鹊、青蛙、兔子、驴子、猫和狗；这些都是我所熟悉的东西，这里面的动物会走路会说话，因此大大激起了我的兴趣。至于了解这本书究竟讲了些什么，那是另一回事了。于是拉封丹也成为我的朋友了。

十岁的时候，我已经是路德士书院的学生了。我在那里成绩很好，尤其是作文和翻译两课都能得到很高的分数。在那种古典派的气氛中，我们听到了许多神话故事，那些故事都是很吸引人的。可是在崇拜那些英雄之余，我不会忘记在星期天去看看莲香花和水仙花有没有在草地上出现；梅花雀有没有在榆树丝里孵卵；金虫是不是在摇摆于微风中的白杨树上跳跃，无论如何，我是不能忘记它们的！

可是，忽然厄运又降临了：饥饿威胁着我们一家。父母再也没有钱供我读书了。我不得不离开学校。生命几乎变得像地狱一样可怕。我什么都不想，只盼望能快快熬过这段时间！

　　在这些悲惨的日子里，我对于昆虫的热爱应该暂时搁在一边了吧？就像我的先辈那样，为生计所累。但是，事实并非如此，我仍然常常能够回忆起那只第一次遇到的金虫：它那触须上的羽毛，它那美丽的花色——褐色底子上嵌着白点——这些都是那段凄惨晦暗的日子中的一道闪亮的阳光，照亮并温暖了我悲伤的心。

　　总而言之，好运是不会抛弃勇敢的人的。后来我又进了在伏克罗斯的初级师范学校，在那里我能免费分到食物，尽管只是干栗子和豌豆而已。当时我的学习水平比同班的同学要稍高一些，于是我就利用比别人多的空闲时间来增加自己对动植物的认识。当周围的同学们都在修正背书的错误时，我却可以在书桌的角落里观察夹竹桃的果子、金鱼草种子的壳，还有黄蜂的刺和地甲虫们的翅膀。

　　我对于自然科学的兴趣，就这样慢慢地滋长起来了。在那时候，生物学是被一般学者所看轻的学科，学校方面所承认的必修课程是拉丁文、希腊文和数学。

　　于是我竭尽全力地去研究高等数学。这是一种艰难的奋斗，没有老师的指导，碰到疑难问题，有时好几天都得不到解决，可我一直坚持不懈地努力着，从未想过半途而废，而终于有所成就。后来我用同样的方法自学了物理学，用一套我自己制造的简陋的仪器来做各种实验。我违背了自己的志愿，把我的生物学书籍一直压在箱底。

　　毕业后，我被派到埃杰克索书院去教物理和化学。那个地方离大海不远，这对我的诱惑力实在太大了。那包蕴着无数新奇事

物的海洋，那海滩上美丽的贝壳，还有番石榴树、杨梅树和其他一些树，都足够让我研究一段时间的了。这乐园里美丽的东西比起那些三角、几何定理来，吸引力大得多了。可是我努力控制着自己。我把我的课余时间分成两部分：大部分时间用来研究数学，小部分的时间用来研究植物和探究海洋里丰富的宝藏。

我们谁都不能预测未来。回顾我的一生，数学，我年轻时花费了那么多时间和精力去钻研，结果对我却没有丝毫的用处；而动物，我想方设法地回避它，在我的老年生活中，它却成了我的慰藉。

在埃杰克索，我碰到两位著名的科学家：瑞昆和莫昆·坦顿，瑞昆是一位著名的植物学家；而莫昆·坦顿教了我植物学的第一课。那时他因为没有旅馆住而寄住在我家。在他离开的前一天，他对我说，"你对贝壳很感兴趣，这当然很好。不过这还远远不够。你应当知道动物本身的组织结构，让我来指给你看吧！这会使你对动物的认识提高到一个新的水平。"

他拿起一把很锋利的剪刀和一对针，把一个蜗牛放在一个盛水的碟子中，开始解剖给我看。他一边解剖，一边一步步地把各部分器官解释给我听。这就是我一生中所上的最难忘的一堂生物课，从此，当我观察动物时，不再仅仅局限在表面上了。

现在我应该把自己的故事结束了。从我的故事里可以看出，早在幼年时期，我就有着对大自然的偏爱，而且我具有善于观察的天赋。为什么我有这种天赋？怎样才会有？我自己也说不清楚。

无论是人还是动物，都有一种特殊的天赋：有的孩子可能有音乐的天赋，有的孩子可能在雕塑方面很有天赋，而有的孩子可能是速算的天才。昆虫也是这样，一种蜜蜂生来就会剪叶子，另一种蜜蜂会造泥屋，而蜘蛛则会织网。为什么它们有这种才能？天生就有的，除此之外就没有什么理由可解释了。在人类生活中，我们称这样的人才为"天才"；在昆虫中，我们称这样的本领为"本能"。本能，其实就是动物的天才。

🍀 牵手阅读

从心理学上来说，爱好是指一个人力求认识某种事物或从事某种活动的心理倾向。例如，很多体育迷，一谈起体育便会津津乐道，每当遇到体育比赛便想一睹为快，这就是对体育的爱好。一些老京剧票友们，总喜欢谈京剧、看京剧，一遇京剧就来劲儿，这就是对京剧的爱好。

而本文的作者法布尔，则对昆虫十分地爱好。他的爱好，不是从祖辈那里遗传下来的，到底是哪来的，他自己也说不清楚。虽然为生计所迫，他曾压抑过自己的兴趣，但终究还是抵不过昆虫对他的吸引，走上了研究昆虫的道路。

儿歌中的老师

孩子们第一次走进学校，既兴奋又胆怯，但当他们看到老师慈爱的笑容，便会安心许多，因为他们在儿歌中听过老师的故事。儿歌中的老师，是什么样的呢？

大手，小手

老师的手很大，

孩子的手很小，

大手伸出，

小手伸出，

大手握住小手，

小手拉住大手，

温暖相互渗透。

孩子，我对你说

孩子，我对你说，

我不是你的妈妈，

但我喜欢梳洗你的头发，

漂亮的花，

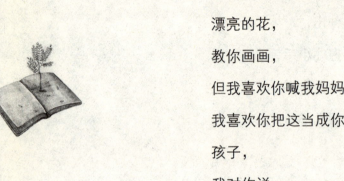

教你画画，

但我喜欢你喊我妈妈。

我喜欢你把这当成你自己的家，

孩子，

我对你说，

我不是你的妈妈，

我是你的老师，

学校就是你的家。

老　师

是谁，

牵着小手玩老鹰捉小鸡，

是谁，

把摔倒的孩子扶起，

是谁，

帮孩子擦净鼻涕，

是谁，

抱着哭泣的你，

是你，

是你，

都是你，

就是你啊，

平凡而年轻的教师，

你像跳动着的青春的音符，

展示出妈妈一样的爱恋。

动物的想法很奇妙

　　在作家的笔下，动物也是有自己的想法的，而且还很奇妙呢！蛤蟆的理想可以是等"发"了以后一定天天吃天鹅肉。蜗牛的遗嘱可以是："如今这年头，有座自己的房子多难啊！不珍惜行吗？"母鸡的秘诀是："光下蛋不行，还要会吆喝。"这些奇妙的想法构成了动物世界的五彩斑斓。

想打喷嚏的蚂蚁

刘保法　著

蚂蚁掉进了面缸里——

面粉沾满了身体，

鼻子痒兮兮，

直想打喷嚏！

蚂蚁急忙爬到了桌上，

桌上有盘香喷喷的煎鱼。

蚂蚁捏捏鼻子说：

"不行，不能朝着煎鱼打喷嚏，

细菌弄脏了煎鱼，

会危害吃煎鱼的猫咪！"

蚂蚁接着爬到了花园，

花园有两个做操的弟弟。

蚂蚁又捏捏鼻子说：

"不行，不能朝着花园打喷嚏，

喷嚏污染了空气，

会危害做操的弟弟！"

蚂蚁又爬到了河边，

河里有一群做游戏的虾米。

蚂蚁还是捏捏鼻子说：

"不行，不能朝着河里打喷嚏，

喝了带菌的河水，

做游戏的虾米会生病死去！"

蚂蚁就这么

爬过来爬过去，

爬到东爬到西，

身上的面粉渐渐落地，

在他爬过的地方，

写出了一个"爱"，

你说稀奇不稀奇？

蚂蚁看着"爱"，

脸上笑嘻嘻：

"有爱就好，

有爱就好呵！

尽管我现在

已经没有了喷嚏！"

🍀 好狮子

【美】海明威　著　夏洛　译

从前有一头狮子，和其他很多狮子一起在非洲生活。别的狮子都是坏狮子，每天吃斑马，吃角马，吃各种各样的羚羊。有时它们还吃人。吃斯瓦希里人，吃恩布卢人，吃万多罗博人，尤其喜欢吃印度商人。印度商人个个身体肥壮，很合狮子的口味。

可是，这头生性善良、招人喜爱的狮子，背上还长着翅膀。就因为它背上长着翅膀，所以别的狮子都要拿它开心。

"看它背上还长着翅膀呢。"它们总爱这样说，说完大家就都哈哈大笑。

"看它吃的是什么呀。"它们还往往这样说，因为好狮子生性善良，只吃意大利面条和蒜味明虾。

那些坏狮子边说边哈哈大笑，还故意吃了一个印度商人。那些母狮子则喝印度商人的血，舌头舔得哗哗直响，好像大猫一样。它们只偶尔停下来对好狮子狞笑一阵，或者狂笑一阵，对它的翅膀也要顺带着咆哮上一通。它们都是很坏的狮子，心眼儿可歹毒了呢。

可是那好狮子却收拢了翅膀，蹲在那儿，客客气气地问，它可不可以来一杯内格罗尼或亚美利加诺①，它是一向不喝印度商人的血，只喝这些东西的。一天，它们捕到了马萨伊人的八头牲畜，好狮子却坚决不吃，只吃了些意大利干制面条，喝了杯波莫多罗。②

这一下可惹得那些坏心眼儿的狮子大发雷霆了，其中有头母狮子心眼儿最坏，它胡须上沾着印度商人的血，把脸就着草地怎么擦也擦不掉，它说："你算是老几，你以为你比我们强十倍吗？你是从哪儿来的，你这头吃面条的狮子？你到这儿干什么来了？"它对好狮子一阵咆哮，那些坏狮子也都一起怒吼，一点儿笑声都没了。

"我爸爸住在城里，站在钟楼底下，脚下的上千只鸽子，都是它的臣民。这些鸽子一飞起来，哗啦啦响成一片，就像一条奔腾的河流。我爸爸所在的那个城里，皇宫宝殿比整个非洲还要多。我爸爸的对面就有四尊大铜马，尊尊都是一足腾空的姿势，因为它们看到我爸爸都会害怕。

"我爸爸的那个城里，人们都是步行或坐船，真马是绝不敢进城的，因为都怕我爸爸。"

"你爸爸是只魔头飞狮③。"那头坏母狮舔了舔胡须说。

"你吹牛，"一头坏狮子说，"根本没有这样的城市。"

"拿一块印度商人的肉给我，"另外有头很坏的狮子说，"这

---

①这两个字看似"内格罗人"和"亚美利加人"的意思，实际上是两种混合酒的名称。

②意为"金苹果"，大概是一种酒的商标名。

③即格里芬，出自希腊神话。格里芬头、翼、前足似鹰，身、尾、后足似狮。

马萨伊人的牲口刚宰，还不好吃。"

"你吹牛，真不要脸，你这鹰头飞狮的崽子，"那头心眼儿最坏的母狮说，"我还不如咬死你呢，连你的翅膀一块都吃了。"

这可把好狮子吓坏了，因为它看见那头母狮子瞪出了黄眼睛，尾巴上下甩动，胡须上的血都凝成了块。它还闻到母狮嘴里喷出一股很难闻的气味，因为母狮是从来不刷牙的。那母狮的爪子下还按着几块不新鲜的印度商人肉。

"别咬死我，"好狮子说，"我的爸爸是一头尊贵的狮子，一向深受大家爱戴，我说的全都是事实。"

就在这时那头心眼儿最坏的母狮向它扑了过来。可是它一扑翅膀，飞上了天，在那群坏狮子的头顶上打着盘旋，那群坏狮子对着它狂吼。它朝下一看，心里想："这帮狮子多野蛮啊。"

它又在它们头上打了个盘旋，这一来那群坏狮子就吼得更厉害了。它突然来了个低飞，想看清那头坏母狮眼睛里的表情。那头坏母狮用后腿一蹬站了起来，想要抓住它，可是爪子够不到它。它就说了声："Adios。"[1]因为它是一头有文化修养的狮子，能说一口漂亮的西班牙话。"Aurevoir。"[2]他又用规范的法语向大家大声呼喊。

那群坏狮子都用非洲的狮子语大吼大叫。

好狮子于是就打着盘旋，越飞越高，向威尼斯飞去。它降落在威尼斯的广场上，大家见了它都很高兴的。它飞起来亲了亲爸爸的两颊，见那些铜马依然扬着蹄子，大教堂真比肥皂泡还美。

——————————

①西班牙语。
②法语：再见。

钟楼还在老地方，鸽子都回巢去准备睡觉了。

"非洲怎么样？"它的爸爸问。

"很野蛮呢，爸爸。"好狮子回答说。

"我们这儿现在有夜明灯了。"它的爸爸说。

"我看见了。"好狮子的回答完全是一副孝顺儿子的口吻。

"我的眼睛可有点儿受不了。"它的爸爸悄悄对它说，"你现在准备去哪儿，孩子？"

"去哈利的酒吧。"好狮子说。

"代我向西奇里阿尼问好，对他说我的账我稍过几天就去付清。"它的爸爸说。

"是，爸爸。"好狮子说完，就轻轻飞到地上，改用四只脚走到哈利的酒吧。

西奇里阿尼酒吧里一切都还如旧。它的老朋友都在。可是它去了非洲一趟，自己倒有点儿不一样了。

"来杯内格罗尼吗，爵爷？"西奇里阿尼先生问。

好狮子可是老远从非洲飞来的，在非洲待过它就不一样了。

"这有印度商人三明治吗？"他问西奇里阿尼。

"没有，不过我可以代办。"

"你派人去办吧，可以先给我来一杯马蒂尼，要绝干的。"[①]它又补上一句，"要用戈登金酒做。"

"好的，"西奇里阿尼说，"一定照办。"

狮子这才回过头来，看着满店高尚的人们，意识到自己又到了家乡，可也到底出外开过眼界了。它的心里高兴极了。

①马蒂尼是以金酒为主料的混合酒，所谓"干"意即不含果味或甜味。

🍀 牵手阅读

　　这只好狮子本是生活在富丽堂皇的威尼斯，每天吃的是意大利面条和蒜味明虾。来到非洲后，遭到了吃斑马、羚羊甚至吃印度商人肉的"坏狮子"们的嘲笑，还险些被它们吃掉。最终，好狮子离开非洲回到了威尼斯，这下，他又和高尚的人们生活在一起了，可就在这时，好狮子却想吃印度商人肉了。它在非洲时故作高尚，只吃意大利面条和蒜味明虾，以表现自己的与众不同。回到了"高尚"的生活后，却想吃它曾经嗤之以鼻的印度商人肉了。作者在字里行间都表达了对好狮子的讽刺。

金步甲的婚俗

【法】法布尔　著　盛国栋　编译

我们都知道，金步甲是捕杀毛虫和鼻涕虫的勇士，所以"园丁"这个光荣的称号放在它身上是名副其实的，它是菜地和花坛的安全卫士。如果你认为我的研究没有什么新发现，没办法为金步甲良好的口碑锦上添花，那至少也可以把它不为人知的一面展示给大家。这凶残的恶魔能够吞食所有不如自己强大的猎物，而它本身也有可能被吃掉。被谁吃掉呢？被它的同类或是其他昆虫。

我们先说说它的两位敌人——狐狸和癞蛤蟆。在食物短缺的情况下，狐狸和癞蛤蟆也能凑合着吃那些瘦骨嶙峋、有怪味的猎物。我曾经说过，狐狸粪便的主要成分是兔毛，还解释过为什么狐狸的粪便中会有金步甲的鞘翅。它粪便中有金色的鳞，这就证明它吃过金步甲。虽然这道菜没有什么营养，分量又非常小，而且有股怪味，不过吃几只还能凑合充充饥。

关于癞蛤蟆，我也找到了类似的证据。夏天，我经常在院子的小径上发现一些奇怪的东西，起初，我怎么也想不明白，这些

东西从何而来。它们像小指那样粗，都是细细的小黑肠一般的东西，经太阳晒干后非常容易碎。我在那些东西中发现了很多蚂蚁脑袋，此外，除了一些细细的爪子，就没有其他东西了。这些由成千上万个头压成的奇怪的颗粒状混合物到底是什么呢？

后来我想到，这也许是猫头鹰在胃里将营养物质提取之后吐出的一团残渣。不过，经过一番思考，我排除了这种想法：虽然猫头鹰爱吃昆虫，但它通常在晚上活动，不会吃这么小的猎物。吃蚂蚁必须有充裕的时间和极大的耐心，用舌头把蚂蚁一只只粘起来送到嘴里。那这位食客又是谁呢？是不是癞蛤蟆呢？我想，在这院子里再也没有其他昆虫和这群蚂蚁有关了。我有一位老相识，但却不知道它住在什么地方。夜间巡查时，我们曾多次相遇，它会用金色的眼睛看着我，然后表情严肃地从我身旁走过，去忙自己的事情，它就是我院子中的一只癞蛤蟆。它有茶杯垫一般大小，我们全家人把它奉为智者，称它为"哲学家"。有关那堆蚂蚁头从何而来的问题，我要去请教一下癞蛤蟆。

那只癞蛤蟆被我关进了一个没有食物的笼子中，然后等着它把圆滚滚的肚子里的食物消化掉。消化食物的时间不是很久，几天后，它便排出了黑色的圆柱形粪便，和我在院子小径上发现的粪便一样，里面也有一堆蚂蚁头。那个令我困惑的问题在它的大力帮助下终于得以解决。我终于明白了，癞蛤蟆捕食大量的蚂蚁，蚂蚁的确很小，不过却能非常容易捉到，并且取之不尽。

不过，癞蛤蟆的首选食物可不是蚂蚁，它巴不得能捕到更大的猎物。但它主要吃蚂蚁，因为相比之下，院子里其他的爬行昆虫少之又少，蚂蚁却相当多。如果偶尔能吃上大一点儿的猎物，对癞蛤蟆来说已经是美味佳肴了。

我在荒石园里捡到的一些粪便，就能充分地证明它偶尔也能吃到美味。有些粪便中几乎都是金步甲的金色鞘翅，但我不敢肯定那一定是癞蛤蟆的粪便。其他那些糊状嵌着几片金色鞘翅而主要成分是蚂蚁头的粪便，才最可能是癞蛤蟆粪便。由此见得，只要有可能，癞蛤蟆也吃金步甲。

更坏的是，金步甲这位密切监视毛虫和鼻涕虫犯罪活动、守卫花园和菜地的卫士，居然有同类相残的癖好。

一天，我在家门前的梧桐树树荫下，看到一只匆忙赶路的金步甲，这位朝圣者来得正好，它将使笼中居民的力量得以壮大。当我把它拿起来时发现，它的鞘翅末端有轻微的伤。这是不是情敌争斗留下的伤痕呢？我不得而知。重要的是，它身上还有没有其他严重的伤痕呢？经查看，确认没有后，我才把它放进玻璃屋中与那二十五只金步甲做伴。

第二天，当我去看望新来的寄宿者时，却发现它已经死了，那些同室的监犯在夜晚攻击了它。因为它的鞘翅有缺口，所以自卫能力减弱了，它的肚子被掏空了。手术做得相当利落，毫无支离破碎的痕迹，爪子、头、前胸全都完好无损，只是肚皮被割开一个大口子，内脏从那里被拉了出去。展现在眼前的是一个由两瓣合抱的鞘翅组成的金壳，即使软体组织被掏空的牡蛎也没有这么干净。

我对这样的结果感到惊讶，因为我一向注意不让笼子里缺少食物。我换着花样地把蜗牛、鳃角金龟、螳螂、蚯蚓、毛虫，以及其他很受欢迎的佳肴送进去，而且供应的数量非常充裕。我的

金步甲们吃了一位鞘翅受损、毫无还手之力的同类，它们总不能拿饥饿当理由吧。

金步甲是否有这种习俗——杀死负伤者，并掏空其腹中快要变质的内脏呢？昆虫没有怜悯之心，当见到一个伤残者绝望挣扎的时候，没有一个同类会去帮助它，这在食肉动物中会变得更加悲惨。有时，经过者会跑向伤残者，难道是去安慰它吗？才不是这样，它们只是想把它吃掉而已。它们似乎认为这样做是正确的，是为了解除伤残者的痛苦才吃掉它的。

也可能是那个鞘翅受伤的金步甲用裸露在外面的臀部在同伴面前招摇过市，结果同伴们发现这个受伤的同类身上有块地方可以解剖。可是，如果那只金步甲没有受伤，它们能够相互尊重吗？种种迹象表明，它们一起用餐的时候还没发生争斗，起初相处和睦，只是发生一些从别人嘴里抢食的事情，而且在地板下度过的漫长的午休时间它们也没干过仗。二十五只金步甲都把半截身体埋在凉爽的土中，静静地消化食物，它们各自待在自己浅显的土窝中小憩，相距不远。如果我把上面的遮板拿开，它们就会醒来溜走，在逃跑中就算撞到也不会争斗起来。

一片祥和的气氛，似乎会一直延续下去。然而，六月份，天气开始变得炎热，我发现又死了一只金步甲。它没有被肢解，身体就像被掏空的软组织的牡蛎，萎缩成金色的贝壳状，与不久前被吞食的伤残者的下场一样。我把它的残骸仔细地查看了一遍，发现除了大肚子上的一条长口子以外，其他地方都完好无损。那只金步甲是在还健康时被同类掏空的。

过了几天，又死了一只金步甲，它的护甲没有丝毫的破损，与前面的几只金步甲死状相同。尸体腹部朝下放着时，看上去没有丝毫的伤痕，但把它翻过来时，就会发现它只是个空壳，里面一点儿血肉都没有了。没多久，又发现了一具被掏空的尸体，而且这种事情接连发生。死去的金步甲越来越多，我那个笼子里金步甲的数量也在急剧下降。如果任这样疯狂的屠杀进行下去，我的笼子不久就会所剩无几了。

是幸存者在分割衰老而亡的金步甲的尸体，还是依靠牺牲同伴来减员呢？由于开膛破肚的事情大多发生在晚上，所以想知道事情的真相并不容易。我依靠直觉，终于在白天的时候亲眼见到了解剖的过程。

六月中旬，我发现一只雌金步甲正在杀死一只雄金步甲，从那瘦弱的体形就能辨认出是雄性。开始做手术了，进攻者把对方的鞘翅尾端掀开，从背后咬住受害者的腹部末端，用尽全身的力气拉扯、撕咬，尽管被咬住的金步甲精力旺盛，却只朝反方向拉，既不自卫，也不还击。它只是随着拉来拉去的动作时进时退，这就是它为了挣脱可怕的齿钩所作出的全部反应。就在搏斗进行了一分钟的时候，突然经过的一些过路客停了下来，仿佛自言自语地说："看我的！"那只雄金步甲最后猛一使劲，挣脱逃开了。显而易见，如果它逃脱不掉，就会被那只凶残的雌虫开膛破肚了。

过了几天，我目睹了相似的景象。这次还是一只雌虫从背后咬住一只雄虫，雄虫只是徒劳地逃脱，除此以外听之任之，不作任何反抗。最后，它的腹部被撕开了一条口子，并且越来越大，内脏被拉出来吞进那个悍妇的肚子里。那个悍妇把头埋在同伴的腹腔中，把那里掏得只剩下一个空壳。可怜的受害者的爪子一阵

颤抖，这说明它已经死了。食尸悍妇毫不动容，沿着胸腔继续往里挖。最后，那具尸体只剩下合抱成小吊篮形状的鞘翅和没有肢解的身体前部，被挖得什么都不剩的空壳就被丢在那里。

那些金步甲就这样死掉了，而且死的都是雄性。没多久就会在笼子里发现它们的尸体，幸存下来的早晚也会这样死去。从六月中旬到八月初，笼子里的二十五只金步甲只剩下五只雌性的了，那二十只雄虫都死了，它们全是被开膛掏空的。

谁干的？应该是雌金步甲干的。

首先，我有幸目睹到的两次进攻证实了这点。两次进攻都发生在白天，我看到雌虫钻进雄虫的鞘翅下面将肚皮剖开，然后吃掉它的内脏，或者至少打算这么干。我虽然没有亲眼看到其屠杀的过程，但有强有力的证据：刚刚我看到被抓住的金步甲只是竭力逃脱，却既不反抗，也不自卫。

如果在平时豁出命的斗殴中，被攻击者肯定会转过身去，因为那是可以做到的。面对敌人的挑战，它会回敬对方，一把抓住它以牙还牙。它的力气是有可能在搏斗中扭转局面占据上风的，可是这个蠢货却任对方咬自己的屁股，好像反抗或用牙撕咬对方是如此的不耻。

这种宽容让我想到了朗格多克雄蝎子，婚礼结束以后，它任凭新娘咬死自己也不用能够伤到那凶狠婆子的自卫武器——毒针。这还让我们想到了雄螳螂在新婚后，有的被咬得只剩半截身子，还义无反顾地继续未完成的工作，任自己被蚕食掉也决不反抗。它们的婚俗就是如此，雄螳螂没有理由反抗。

我的金步甲动物园中的雄虫一个接一个地全被剖开腹部，这讲述的是同一种婚俗，雄虫为了满足伴侣交尾的需要，就要成为新娘的牺牲品。从四月到八月的每一天，都有配偶组成，有时只是试着交往，不过更多的时候都是成功的。

金步甲处理爱情的方式非常迅速。不需要培养感情，一只路过的雄虫在众目睽睽之下就会扑向雌虫，交尾结束后就分手了，去吃我提供给它们的蜗牛。之后，双方又去另结新欢，各自嫁娶。

我的金步甲动物园中的雌性与求爱者的数量相差悬殊，五只雌性配二十只雄性。不过，这并没引起争风吃醋的争斗，大家只是和气地占有、过度地使用数量不多的雌虫。它们每天大吃大喝，这足以说明监禁的生活并没有让它们感到不快乐。

在野外，雌虫会把雄虫当作猎物对待，交尾一结束立刻就会把它嚼碎来结束婚姻。我每次翻开那些石头都无缘见到这种场面，不过在大笼子中看到的已经足以让我相信这点了。金步甲的世界是多么残忍呀！婚后，当雌性金步甲卵巢里受了孕，再用不着帮手的时候，就会把雄性吞进肚子里。竟然有这样不尊重雄性的生殖规则，如此任意地宰割它们。

八月初，笼子里只剩下五只雌虫了。自从开始吞食雄性以来，雌金步甲的生活发生了很大的变化，它们的食欲大减，甚至对我提供的剥了壳的蜗牛以及它们喜欢的肥蟑螂和毛虫都失去了兴趣，每天躲在木板下昏昏欲睡，极少出来。它们是否在准备产卵？我天天都去查看，期待看到简陋环境中缺少照料的幼虫，因为金步甲不太会照顾婴儿。可是我始终也没见到幼虫，我的期待也落空了。十月，天气转冷，四只金步甲自然死亡了。幸存的金步甲对此毫不动容，也不把它们埋葬到自己的胃里，因此可以知

道，雌虫只对那些被活剥的雄金步甲采用这种埋葬方式。它尽可能地钻进笼子里并不肥沃的土壤深处，然后缩成一团。

十一月，当冬季的第一场雪覆盖万杜山的时候，它在洞穴深处进入冬眠。它将安然无恙地度过冬天，来年春天的时候才产卵，一切似乎都非常顺利。

❀ 牵手阅读

我们知道，螳螂是一种凶残的昆虫，雌螳螂在婚后会毫不留情地吃掉自己的丈夫。可是，在自然界中，这样的动物可不止螳螂一种，其中就包括金步甲。本文中，作者捉了一些金步甲放在它的实验室中，想观察它的习性。可是，实验室中却接连发生了死亡事件，死者的死状也很蹊跷，它们都被掏空了内脏。这引起了作者极大的兴趣。在接下来一段时间的观察中，作者终于揭开了这个金步甲死亡之谜。原来当雄性金步甲和雌性金步甲完成婚礼后，雌性金步甲就会将雄性金步甲杀死，并掏出它的内脏吃掉，这是金步甲的婚俗。一只金步甲的死亡，引发了作者的深入思考和探究。他经过仔细地观察，做出了自己合理的推理，得到了一个很有说服力的结论。这启发我们在学习和生活中，要勤于思考，善于推理。

飞翔在
精灵的世界

你是否相信世界上真的存在着各种各样的精灵，他们是梦想的结晶，更是未来中的自己。厨师梦的精灵是可以烹饪出美味食物的精灵，医生梦的精灵是可以救治世界的精灵，至于作家梦的精灵，就是作品中的精灵了。

快乐像遍地花开

王巨成　著

当我从梦中醒来，我看见这个冬天的第一场雪。

在我做梦的时候，魔法师的一只袜子不见了，他拔下一根胡子要变出一只袜子。不料，魔法师发现他的鞋子里有一只袜子。胡子拔下来了，魔法师希望这根胡子能发挥它的魔力。魔法师来到了外面。

一切灰蒙蒙的，让魔法师总觉得天地间少了些东西。冬儿从他身边经过，魔法师问："你是不是觉得天地间少了些东西？""雪！"冬儿说。魔法师又看见一个庄稼汉，问："你是不是觉得天地间少了什么？""少一场雪！"庄稼汉说。魔法师说："好，那就下场雪。"

下一场雪，一根胡子是不够的，魔法师开始拔胡子……拔着拔着，魔法师听到九头鸟拍翅膀的声音，魔法师忙停下手。这时，他只剩下了最后一根胡子。

魔法师急了！一个魔法师只剩下最后一根胡子时，如果听到

九头鸟拍翅膀的声音，意味着最后一根胡子也将掉下。当魔法师的胡子全部落光时，便失去了他的魔法，生命也将终结。那时九头鸟会把他带到一个他应该去的地方。

风神来到魔法师面前，说："我可以让你再活五百年……""五百年！看来我今天又遇到一件快乐的事了。""不过，你要把柳树变成丑八怪。"风神说。"我不能这么做！"魔法师断然拒绝。风神很生气，一个劲儿地朝往前走的魔法师身上钻。

走了一段，魔法师看到我和伙伴们在打雪仗，兴奋地加入进来。一个个雪球向魔法师飞去，魔法师快活地躲闪着。走时魔法师笑着说："我今天又得到一份快乐！"但我做了一件错事，不小心把魔法师的胡子拽下半根来。

我以为魔法师会生气，谁知他却笑了，"你会成为半个魔法师，这是我今天遇到的又一件快乐的事。"

这时，雪地里出现一个流浪儿，他又冷又饿。风神一见这个流浪儿，就一个劲儿地往他身上钻。流浪儿的手肿了，脸紫了，哭了起来。魔法师不忍心看下去，他把半根胡子拽下来——变出棉衣和饼。流浪儿有了这两样东西，脸上有了快活的笑容。然而，失去胡子的魔法师成了一个平常的老人，他的生命也将结束。

九头鸟盘旋下来，魔法师骑了上去。"你马上要死了，你还会快乐吗？"魔法师的眼睛慢慢合上，可是他又猛地把眼睛睁开。他看见天空中的太阳，笑了。能看见太阳，这是多么快乐的事呀！

装满阳光的梦

李东华　著

　　你一定遇到过以下情形：在梦里感到肚子饿得不行，跑到饭馆里点了一桌子山珍海味，举起筷子，正要大干一场，可是，对不起，你却莫名其妙地醒了。到嘴的肥肉又飞啦，只能把流到嘴边的口水再咽回去。当然，也有恰恰相反的情况：你在梦中被狮子或者老虎或者强盗或者——随便什么吧——总之，你被追赶得无处可藏，马上就要被吃掉。你惊恐地大喊大叫，这时候，谢天谢地，你醒了。如果不醒的话，谁知道会怎么样呢？也许会吓出心脏病吧。

　　我们经常做这种无头无尾的梦，无论是美梦还是恶梦，很少能做一个完整的。假如有一天有幸做了一个有头有尾的梦，第二天一醒过来，我们就会很兴奋地告诉别人："昨天晚上我做的梦清晰极了，连细节我都记得清清楚楚哎，还是彩色的哪！"

　　那么，我们的梦究竟半途跑到哪里去了呢？告诉你吧，它被吃梦小妖吃掉了。

其实这没什么可奇怪的。就像兔子爱吃萝卜，长颈鹿爱吃树叶，圣甲虫爱吃粪蛋一样，吃梦小妖的粮食就是梦。它们白天睡大觉，晚上出来觅食，背着一个大口袋，哼着小曲，挨家挨户找梦吃。吃不了的就装进袋子，背回家，等生病的时候吃。

我要讲的是一个小小妖。这个小小妖年轻没经验，一开始见梦就吃，结果经常消化不良，得了严重的胃溃疡。他到医院一看，原来是吃恶梦吃多了，伤了胃。小小妖吃一堑长一智，从此以后，一见到恶梦就远远躲开。他发现，凡是发出臭味酸味的都是恶梦，而散发出面包味的、草莓味的、薄荷味的、青草味的……都是美梦。

前些年，小小妖很容易就能找到美梦，可最近不行了。一到了夜晚，整个城市的窗户里都散发出浓浓的臭气。只有小孩子还能做做美梦，可是他们做作业总是要到十二点，美梦脾气坏得很，你要是想和她约会，只能早早在睡乡里等她，她可没耐心等你。所以，小孩子一个个脸色蜡黄，到医院一检查，百分之八十都患了缺梦症。没办法，饥饿难耐的小小妖只好以恶梦果腹。吃得他连连打饱嗝，喷出的臭气把他家门前的一棵大柳树都给熏死了。但是，胃难受总比饿死强吧？

这一天，小小妖实在受不了了，肚子太缺油水，说什么也要找到一个美梦解解馋。于是，他背上装梦的大袋子，开始走街串巷。正好是夏夜，家家窗子都大开着。他不费吹灰之力就进入了一家又一家。一整趟街上都没发现一个美梦。

到了另一条街上，奇怪的是，这条街一点味道也没有——他们做的是些什么梦呀？小小妖小心翼翼地咬开一个，就像咬一个滚烫的香喷喷的汤圆。虽然很小心，他还是被狠狠地硌了一下，一颗门牙飞了出去，把小小妖疼得直吸冷气。他强忍住眼泪，定睛一看，虽然是在深夜，还是觉得明晃晃地耀眼。呸！原来都是金子！金子对小小妖是没什么用的，但他正为丢了一颗门牙生气呢，就毫不客气地把吃了一半的金子梦扔到自己袋子里。

被偷走梦的人醒了，他哭喊起来："金子！我的金子！我的金子哪去了？我已经把它抓到手了，可我为什么醒了？为什么？"

整个晚上，小小妖的牙齿全给崩没了，有什么办法呢，做金子梦的人实在是太多了。你可以听到一片鬼哭狼嚎，因为就要到手的金子——虽然只是在梦里——突然间全没了。

小小妖饿得都快飞不起来了。他没精打采地向着郊外飞去，无意中飞到了森林里。森林的深处有一间小木屋，笼罩着朦胧的月光，散发出茉莉花的淡淡的香气和太阳暖洋洋的气息。小小妖灵敏无比的鼻子拼命地嗅一嗅，啊！终于找到美梦啦！他从开着的窗子冲进去，三下五除二地就把美梦吞了下去。都快有一年没吃到这样的美味了。他甚至有点后悔，不应该吃得这么快，应该像品茶一样细细地品一品。

当他酒饱饭足从窗户里跳出来时，他听到一声低低的啜泣："妈妈，我在梦里见到阳光啦！我见到阳光啦！可是，可是……只那么短短的一瞬，梦就没有了。"哭泣的是一个小姑娘。

小小妖看到一张比月光还要光润的脸，腮颊上挂着比露珠还要晶莹的泪滴。她的长发比夜晚还要黑，双唇比玫瑰还要娇嫩。小小妖被小姑娘的美丽吸引住了。她的眼睛是闭着的，就像紧紧闭合的花瓣。原来她是一个盲女。

妈妈把小姑娘揽到怀里，柔声安慰她："没事，孩子，梦是

不会消失的，以后你还会梦到阳光，梦到大海，梦到星星和月亮……"

小女孩又高兴起来："真的吗？妈妈？我还要梦到森林，梦到高山，梦到小鸟……"

小小妖突然变得很沮丧，脚步比来时还要沉重。他以前就知道睡觉，吃梦，然后再睡觉，从来没有想过别的。今天，他头一次感到有些梦是不能吃的。装满金币的袋子沉甸甸的，里面叮当乱响。他走一会儿就困了，坐在一棵大树下睡着了。

小小妖以前是不做梦的，因为他什么心事也没有。现在，他有心事了，这段心事让他很意外地做了平生第一个梦。他梦见什么了呢？他梦见袋子里的金币全部变成了金灿灿的阳光！它兴奋极了，一兴奋，醒了。他发现袋子鼓鼓囊囊的，像是充满了气。他怀着忐忑的心情打开来，哇！满满一袋子耀眼的阳光！金币真的变成阳光啦！他赶紧用绳子把袋子口扎得紧紧的，生怕漏掉一点点阳光。

到了晚上，小小妖就守护在小木屋的窗户外。半夜，等小女孩睡熟了，小小妖把袋子打开，把阳光全都洒到小女孩的梦里去。很快，他就听到小女孩幸福的梦呓："啊！阳光！我看到阳光了！"

小小妖整个晚上都守护在小姑娘的身旁，把那些试图来吃梦的同行赶跑。遇上年龄比他大，身体比他壮的吃梦小妖，他就往屋子周围丢几个存在袋子里的恶梦，迷惑他们。

小小妖以前只有两种心情，吃到美梦就高兴，吃到恶梦就不高兴。现在，在高兴和不高兴之外，他觉得内心产生了另一种奇怪的感觉：甜甜的，酸酸的，痒痒的。有时候不知为什么，他的脸无缘无故地红了，还轻轻地叹一口气。

　　从此，小小妖不再吃别人的梦，因为他自己也会做梦了，他成了吃梦小妖家族中唯一一个会做梦的。他把自己做的梦种到地里，天天施肥，松土，很小心守护着。第二年，长出一棵梦树，上面长满梦果。小小妖到了晚上就偷偷把这些梦果放到小姑娘的枕头边上。小姑娘每天晚上都会做一个甜甜的长长的美梦，里面有阳光，星星，月亮，森林，海滩和摇曳的茉莉花……这些梦总是很清晰、完整，跟真的一模一样。

　　小姑娘一直不知道这些梦是谁送来的。因为小小妖很腼腆，每天晚上，他总是悄悄地来，又在清晨小姑娘醒来的一刹那悄悄地离去。

　　也许有一天他会告诉小姑娘关于梦的故事。可是，现在，他还是没有勇气呢！

格列佛游记（节选）

【英】乔纳森·斯威夫特 著 马腾 编译

流落他乡

我睡了大概九个钟头，因为我醒来时，天刚刚亮。我打算起来，却发现自己动弹不得，全身都被什么紧紧地绑住了，又因为是仰卧的睡姿，所以此刻我只能呆呆地看着天空。太阳渐渐热起来，阳光刺痛了眼睛。周围很嘈杂，我感觉有个什么小东西在顺着我的身体向上爬，快爬到我下巴的时候，我看清了他——居然是一个身长不到六英寸的小人儿！他拿着弓箭，背着箭袋，后面还跟着四十多个随从。看到这般景象，我本能地大吼了一声，没想到竟吓得他们魂飞魄散，四处逃窜，他们当中有几个，因为从我的腰部往下跳，甚至摔伤了。不过不一会儿他们又折返回来，其中一个竟然还走到了我的面前。看到对手只是一些小人，我悬着的心渐渐放了下来，考虑到目前的姿势非常不舒服，我试着动了动，没想到却挣断了绳索，并拔出了缚住我左臂的木钉。这可吓坏了小人们，转瞬间，密密麻麻的箭雨向我袭来，像针一样刺痛了我，近乎本能的挣扎反倒招来了更为猛烈的乱射，我痛苦地呻吟起来。有些小人甚至试图用长矛刺我，好在我穿的贴身牛皮背心救了我，厚厚的牛皮他们刺不进去。我暗自思忖，好汉不吃眼前亏，先安安静静地躺着，等晚上这群疯狂的小人撤离之后，我应该能很容易重获自由，也只好这样了吧，虽然多少有些无奈。

但是命运却对我另有安排。小人们看我老实了许多，也就不再继续放箭了。但是就我听到的嘈杂声来判断，人越来越多了。姑且容许我这样说吧，亲爱的读者。大约离我的头四码远的位置，叮叮当当的响声足足闹了一个钟头，我十分好奇，就试着微微地探头过去，惊奇地发现离地大约一英尺半的高度，赫然矗立着一座刚刚建好的平台，平台周围还竖着两三个可供攀爬的小梯子。现在平台上站着四个人，中间一个体型偏胖的明显是个重要人物，周围的三个随从众星捧月般地站在旁边，或是替他拽着拖地的衣服，或是一副保卫的架势，使这个家伙看起来派头十足，不过他们中最高的也只有我的中指长。那位要员先让随从砍断了我头左边的绳子，这样我的脑袋便可以微微移动，得以看清这位发言人的模样。我虽然听不懂他在说什么，但是他的神态和语调却将政治家的油滑发挥到了极致，可以看得出他用了许多威胁的词语，同时又许下了不少诺言，我虽然表面象征性地应和着，心里还是愤愤地充满了鄙夷。我离开船后，已经十几个小时没有吃东西了，此刻我饥渴难耐，不住地把手指放到嘴边，表示我要吃东西，希望他们能明白我的

意思。虽然小人国的居民个子矮小，但是脑袋还不笨，那个胖胖的要员很快就明白了我的意图，命令数以百计的小人源源不断地把酒和肉通过架在我腋下的梯子送到我的嘴边。实事求是地说，食物的味道还真是不错，只可惜酒只准备了两桶。我很惬意地享受着，不过我的食量却让小人国的居民们着实大开了眼界，要知道，他们的面包只有子弹头儿大小，最大的一桶酒也不过半品脱，至于篮子里面满满的肉，我一口就能吃下好几块。招待我这样的一个庞然大物，小人国可是要颇费一些人力财力的，后来我才知道，国王得知我这个"巨人"到来的消息后，就已经命令臣民准备好了，想到这里我不免心生一阵暖暖的感动，当即就打消了想要摔死几个小人出出气的念头，安静地躺在地上听凭他们处置。

　　酒足饭饱之后，一位看似钦差大臣的家伙在十几名随从的簇拥下顺着我的小腿一直走到我的脸上，叽叽咕咕地宣读着所谓的圣旨，虽然我听不懂他们的语言，但还是猜得出来他们想把我运到某个地方去。我做了手势表示服从安排，那些小人立刻欢呼起来，并解开了我左边的绳子，我侧过身，就在此时，我突然内急，聪明的小人们好像看出我的意图，纷纷躲开那股来得又响又猛的"洪流"。随后小家伙们在我的脸上涂上香味扑鼻的油膏，应该是他们特制的金创药，疗效真不错，一会儿就不疼了。

　　许是累了的缘故，我感到前所未有的疲惫，于是便沉沉地睡了过去，事实证明，我只猜对了一半儿，后来别人告诉我，医生奉命在美酒里面掺了安眠药水，致使我这一觉睡了足足有八个小时。在我昏睡过去的这八个小时中，我被小人们重新绑缚了起来，并大费周章地被抬到他们特制的大车上，由九百名兵士和一千五百匹四英寸半高的骏马拖着我向京城出发，当然，这些都是我很久以后才知道的。不难想象，为了押赴我这样一个庞然大物，小人国上上下下费了多大力气，当然，这是后话。

走了大约四个小时的时候，一件可笑的事情把我弄醒了。原来押解我的大车出了故障，不得不停下来维修，就在这时，几个小人好奇我的睡姿，爬到了我的脸上，更有胆大的甚至将短枪插进了我的鼻孔，奇痒难忍的我突然惊醒，打了一个大大的喷嚏，这个喷嚏对他们无异于晴天霹雳一般，吓得他们四下逃散，闯祸的几个小人更是趁乱溜走才免受惩罚。尽管出了这样一段儿插曲，那天我们的行进速度还是令人满意的，夜里有一千名士兵轮流看着我，万一我有什么动向，他们就会毫不犹豫地放箭。第二天早上一出太阳，我们就启程了，大约中午时分，距离京城就只有不到二百码的距离了。

囚禁神庙

我被安置在一座废弃的古庙之中，据说是全国最大的，用九十一条铁链和三十六把锁把我的左腿牢牢地固定住。大路的对面则赫然矗立着一座高塔，供皇帝和百官来瞻仰我的风采，这都是后来听人说起的，因为我当时根本无法看到他们。可以想象我的到来对于小人国利立浦特来讲，该是怎样的奇观，现在的小人国万人空巷，估计有十万以上的市民来看我，有的小人难掩兴奋，居然像蚂蚁一样在我的身体上走来走去，好在这

样的行为后来得到了有效的控制。

除了受制于人的尴尬，我不得不承认，利立浦特是一个是十分美丽的国度，田园风光或是人工雕琢都精致得像戏院里的布景一样。和周围的秀美相比，我不得不提及一件让我难堪的囧事儿，就是我非大便不可。我的排泄除了第一次迫不得已在古庙内解决外，以后都是尽可能去到链子能及的最远的地方，因为我有轻度的洁癖，这也得到了适当的处理，只是辛苦了两个专门的仆人了。不过没想到这件小事儿竟成了日后敌人攻击我的把柄。

一天，我正拖着链子在外面呼吸新鲜空气，看到皇帝骑着马向我走来。虽然皇帝的马万里挑一，训练有素，却还是被我的大块儿头吓到了，幸好皇帝的骑术不错，才没有造成意外的伤害。

为了掩饰刚才的慌乱，皇帝随后热情地款待了我，我一会儿就把酒菜吃了个精光，我的吃相也遭到了周围贵妇的指点和嘲笑。酒足饭饱之后，我开始细细打量眼前这位至高无上的君王，他能比臣子们高出我的一个手指甲盖，单从这一点上来看，就足以让人肃然起敬了。面容英俊，气宇不凡，举止文雅又不失皇帝的威严，更为难得的是他的着装异常朴素，不过镶满钻石的皇冠和佩剑还是昭示了他身份的尊贵。皇帝在位已经七年了，在他的治下，百姓生活富足，国泰民安，利立浦特出现了前所未有的盛世局面。他的嗓音嘹亮，但我却听不懂他的语言。他让牧师和我谈话，我试着用我所了解的所有语言和他们谈，其中包括拉丁语、西班牙语、法语、意大利语等，但还是毫无用处。

这种局面持续了两个小时，却终因我们彼此听不懂对方的语言不得不无奈离去。我的身边驻扎了一支强大的卫队保卫我的安全。想是周围的百姓过于兴奋了，有人竟然朝我放了一箭，差点射中了我的左眼，为了惩罚这种无礼的行为，带队的上校逮捕了六名主犯任我处置。我一把将他们抓在手里，先把五个放进了衣袋，我拿出刀子，做出要生吃第六个的样子，不仅那个可怜虫吓得面如死灰，连周围的军官也面露不忍。出乎所有人意料的是，我并没有吃掉这个无礼的家伙，而是用刀子割开了绑缚他的绳子，让他重获了自由，随后我也放了其他的五个人，我的宽容和仁慈博得了一致的喝彩。

来到小人国的两个星期里，我一直睡在硬邦邦的地上，后来可能连皇帝也觉得过意不去了，就下令为我定制了一张床铺，不过没想到一个简单的容身之所却如此大费周章，因为我的床是用六百张普通尺寸的小床缝在一起的，用同样的比例，他们还为我准备了床单和被子。对于我这样过惯了艰苦生活的人，这样的待遇已经很好了。

我的存在对这个袖珍的国度来说，显然是个甜蜜的负担。一方面，我这样的巨人让他们大开眼界，当然，他们也感到了前所未有的威胁。另一方面，我的伙食费用太大，如何供养我已经成了棘手的难题。这时，如何处置我就成了小人国臣民争执的焦点，他们一度决定把我饿死或者毒死，但随后的尸体处理问题就让他们打消了这个念头，因为他们可不想因为一个外来生物而引发一场灭顶的瘟疫，这些机密的消息都是后来我的一个位高权重的朋友告诉我的。鉴于我刚才处

理罪犯的温和表现，英明的皇帝陛下最终力排众议，决定留下我，我的一切开支由国库负担，另派六百名仆人负责照顾我的饮食起居，三百名裁缝加班加点为我赶制利立浦特式样的衣服，六名教师教我学习他们的语言。大约过了三个星期，一切都步入正轨，我在学习小人国语言方面有了很大的进步，并能简单地表达我的想法。

奇闻逸事

日子还在看似平静地一天天流逝，亲爱的读者，请原谅我的疏忽，一直没有详细地向您介绍一下利立浦特的风土人情。我不得不承认，这的确是一个奇异的袖珍国度，国民身高不超过六英寸，其他动物、植物也都完全符合这个比例，国家里最高的参天大树才不过七英尺。他们的学术很发达，这个我不想赘述，不过他们的写字方式却是我闻所未闻的，因为他们是从纸张的一角斜着写到另一角，和我们英国大小姐的脾气一样古怪。因为相信人死之后会在一万一千个月复活，那时候地球会上下颠倒（他们以为地球是扁平的），利立浦特人埋葬死尸是头朝下的，这样死人复活时就可以稳稳站在地面上了。利立浦特的法律十分严格，叛国将会受到最严厉的惩罚，不过如果被告能证明自己是无辜的或证明原告是蓄意诬告，原告将会被立即处死，被告还可以从原告处获得一定的经济补偿，如果原告的财产不够赔偿，那么大部分将由皇家来负担。他们视欺诈和偷窃为最不可饶恕的罪行，一旦被证实，会被立刻处死。我觉得这样过于苛刻，曾经试图为一位背信弃义者辩护，没想到却被视为荒谬和不可理喻，因此我只好作罢。不得不补充一点，利立浦特人是赏罚分明的，他们会对遵纪守法者进行奖赏，不仅有物质奖励，更会颁发荣誉称号。虽然赏罚分明，但在实际生活中明显是奖励多于惩罚的，这在他们审判庭的正义女神塑像上体现得最为明显。女神眼观六路，象征着兼听则明、偏信则暗，而开口的金袋和剑在鞘中形象地表达了法典的精髓——她喜欢奖赏而不喜欢惩罚，这点让我很受启发，觉得这是利立浦特法典里最具优越性和先进性的地方。

让我赞成还有他们的人才选拔制度，重德行轻才能，他们认为人的品德远远胜过所谓的能力，如果一个人有才无德将会对这个国家造成威胁。不相信上帝的人不能为公众服务，因为既然皇帝是上帝的代表，一个没有上帝信仰的人就是不可以被信任的。除此之外，在他们看来，忘恩负义也是应判死罪的。他们的教育方式和对责任的诠释让我大开眼界。他们认为父母和子女之间没有道德上必须要承担的责任，子女更不必由父母亲自抚养，而是按照性别和阶层，在二十个月大的时候就被送到不同的公立学校去培养，父母需要做的只是交纳一定的教育费用。学校的教育很严格，从小就培养孩子们的自立能力，并根据孩子们日后可能从事的职业或者在家庭中扮演的角色来进行专门的技能训练。这个国家奉行幼有所养和老有所依的宗旨，国家设有专门的养老院来赡养老人，因为国家完全按照律例良性循环，因此，在利立浦特没有乞丐这种行业。

我在利立浦特一共住了九个月零十三天，生活总体上还算舒适，两百个女仆为我缝制衬衣、被单和桌布，用的自然是国

内最结实的布料，而且重叠了好多层。三百名男裁缝为我赶制外衣，三百名厨师专门负责我的饮食，每位厨师给我做两种菜。不得不承认他们的牛肉和美酒太美味了，以至于我胃口大开，每顿饭都要吃掉好多。

一天，皇帝陛下听下人们说起我过日子的情形，他还饶有兴致地专门带了皇后、公主和王公贵族来参观我的吃相，不过我发现随行的一位要员，也就是国家的财政大臣一直酸溜溜地看着我，让我感到隐隐的不安。后来，我终于明白了财政大臣敌视我的原因，理由简直太可笑了，他竟然怀疑我和他的妻子有着某种不正当的关系。我知道这是无耻小人从中挑唆，因为我得到的恩宠已经招致了太多的忌妒，早就习以为常了，不过这件所谓的丑闻却让我觉得对不起那位夫人，她在家里遭到了丈夫粗暴的对待。虽然我最终还了那位夫人的清白，但却永远失去了财政大臣的信任，这直接导致了我在利立浦特皇帝面前的失宠。

牵手阅读

　　相信听过《拇指姑娘》故事的人都会惊讶于拇指姑娘的小巧身材，但是在另一部文学作品中却存在着这样一个小巧的国度——小人国利立浦特。本文节选了《格列佛游记》中主人公格列佛在小人国利立浦特的部分经历。格列佛在一次随船出海中，不幸遇险，流落到了利立浦特。这个国家的居民只有六英寸高，却高傲自大。利立浦特的宫廷其实是英国朝廷的缩影。

快乐王子

【英】王尔德　著　宗璞　译

　　远远的城市上空，在高高矗立的一根圆柱上面，是快乐王子的雕像。他是如此的熠熠生辉，全身上下镶满薄薄的纯金叶片，闪亮的蓝宝石铸成了他的双眸，剑柄上也嵌着一颗硕大夺目的红色宝石。

　　快乐王子非常受人敬仰。"他好似风标那般绝美，"一位试图展示自己艺术家品味的小镇议员赞美道，但随后赶紧加了句，"可是没风标那么有用"，唯恐大家误以为务实的他不够踏实。

　　"你为什么不能像快乐王子那样呢？"一位相当明事理的母亲埋怨着，她的小儿子此时正哭闹着想要天上的月亮，"快乐王子就从来没有幻想通过哭闹去得到什么。"

　　"真高兴啊，世上还有人可以如此快乐，"一位惆怅的男子久久凝视着这座精妙绝伦的雕像喃喃自语。

　　"他和天使好像啊，"孤儿院的孩子们嚷嚷道。他们正从教堂走出来，一个个披着鲜红的斗篷，穿着干净洁白的小围裙。

"你们怎么知道的？"孩子们的数学老师质疑道，"难不成你们还见过天使？"

"啊，是啊，在梦里"，孩子们齐齐答道，数学老师不禁皱起眉头，脸色很是严峻，因为他并不赞成孩子们去做什么梦。

一天夜里，一只燕子飞过城市的上空。他的朋友们早在六周前就飞去了埃及，唯独自己落了单，因为他爱上了心中的女神，美丽的芦苇小姐。初春的时候他们相遇，那时他正顺着河流往下飞去捕食一只大黄蛾子。芦苇小姐柔软的纤纤细腰令他深深痴迷，于是他停了下来对她表白。

"我可以爱你吗？"燕子直截了当地问道，他的个性如此，芦苇小姐弯了弯腰。就这样燕子绕着她飞了一圈又一圈，用翅膀轻轻碰触水面，泛起冷冷涟漪。他的这种求爱方式一直持续了整整一个夏天。

"这种爱慕真是滑稽，"旁边的燕子们叽叽喳喳地议论着。"她既没钱，而且还有那么多的亲戚"。这话不假，河里的确有很多芦苇。当秋季来临了，其他燕子全都飞走了。

没了同伴，燕子才感觉到孤单，并对他的爱人产生了厌倦。"她一言不发，"燕子埋怨着，"而且我担心她是那种卖弄风骚的女人，因为她总是和风在那里卿卿我我"。确实，只要有风吹过，芦苇就会献上最优雅迷人的屈膝礼。"我承认她挺居家"，燕子继续着，"但我是个爱四处游荡的人，因此作为我的妻子，也应该和我一样，热爱旅行。"

"你会和我一起走吗？"最后燕子忍不住问道，但芦苇小姐摇了摇头，她是如此迷恋自己的家。

"你在玩弄我是吗?"燕子大声说道,"我要启程飞往金字塔了,再见!"说完头也不回地飞走了。

燕子飞了一整天,终于在半夜时分来到了这座城市。"我要去哪儿过夜呢?"他思量着,"希望这座小镇已经有落脚的地方。"

然后他便瞧见了立于圆柱之上的那座雕像。

"我可以在那里过一宿,"他欢呼着,"那真是绝佳的位置,通风又透气",于是他落在了快乐王子的双足之间。

"我有一个金光闪闪的卧室,"燕子望了望四周,悄声告诉自己,准备入睡;但是正当他准备把头蜷缩进翅膀里的时候,一大滴水落了下来,滴在了他的身上。"这真是稀奇的事情!"燕子惊呼道,"天上连片云朵都没有,星空那么皎洁明亮,可是竟然下雨了。北欧的天气还真是糟透了,芦苇小姐很喜欢下雨天,那只不过是她自私的想法罢了。"

接着另一大滴水落了下来。

"如果雕像连挡雨都做不到,那还有什么用处?"燕子叹了口气,"看来得找一个好一点的烟囱口了,"于是他决定离开。

但是当他正准备张开翅膀的时候,第三滴水落了下来。他抬起了头,看见了——啊!他刚刚看到了什么?

快乐王子的眼里噙满了泪水,泪珠顺着他黄金面颊滴落下来。但是月色掩映下他的脸庞又是如此的美丽动人,燕子看着不禁心里有些悲伤。

"你是谁?"燕子问道。

"我是快乐王子。"

"那你为什么要哭泣?"燕子说,"你的泪水都把我打湿了。"

"以前我活着有一颗人类心脏的时候"，雕塑解释道，"我根本不知道眼泪是什么，因为我居住在无忧宫殿里，在那儿悲伤忧愁都被挡在门外。白天，我和同伴们在花园里玩耍，夜幕降临后，我会在大厅里领舞。花园的周围砌着一堵高大严实的墙，但我从未关心过墙的外面是什么，因为周围的一切实在是太美妙了。我的臣子们尊称我为快乐王子。如果纵情享乐就是快乐的话，我确实很快活。我就这么活着，然后这么死去。现在我死了，他们把我立于如此高的地方，让我见到了这座城市的各种丑恶和所有的不幸，即便我的心脏是铅做成的，也无法忍着不去哭泣。"

"什么？难道不是纯金的吗？"燕子自言自语道。他的优雅让他没办法大声议论别人的私事。

"在远处，"雕像继续用低沉悦耳的声音说道，"远处一条狭小街道上有一户穷苦人家。其中有一扇窗子是打开的，透过窗台可以看到一位妇人坐在桌前。她面容枯瘦，满脸倦态，从那粗糙发红，满是针眼的双手可以看出她是个裁缝。此时她正在给一件绸缎礼服绣上美丽的西番莲花，皇后最宠爱的侍女会在下一次的宫廷舞会上穿上它。房间一角，年幼的儿子生病正躺在床上。孩子发着烧，嘟囔着要吃橘子。但除了河里的水，母亲一无所有，于是孩子哭闹不止。燕子，燕子，小燕子，你能把我剑柄上的红宝石送给他们吗？我的双脚固定在这个基座上没有办法移动。"

"大伙儿可都在埃及等着我呢，"燕子犹豫着，"我的朋友们现在正在尼罗河上下游飞来飞去，和硕大的莲花聊天。不久他们就会在法老的坟墓里过夜。法老睡在自己彩色的棺木里。他身上裹着黄色的亚麻布，涂着防腐香料。他的脖子上挂着一圈浅绿色

的翡翠，双手如同枯萎的树叶。"

"燕子，燕子，小燕子，"王子请求道，"你难道真的不愿意陪我一夜，做我的信使吗？那个小男孩又饥又渴，他的母亲无能为力，悲痛不已。"

"我不喜欢小男孩，"燕子陷入回忆，"去年夏天，当我待在河边的时候，有两个粗鲁的男孩子总是拿石头砸我，他们是磨坊主的儿子。当然他们不可能砸中我，我们燕子的飞行技术可不是吹牛的，再说，我的家族以身体灵活闻名，可是他们这种行为真是没有礼貌。"

但看到快乐王子闷闷不乐，小燕子也难过起来。"这儿可真冷，"燕子说道，"但是我还是陪你待一夜，做你的信使吧。"

"谢谢你，小燕子，"快乐王子感激地说道。

于是燕子从王子的剑柄上啄出那颗硕大的红宝石，叼着它飞过了小镇家家户户的屋顶上方。

他飞过大教堂的塔顶，看见了一座座精美的白色大理石天使雕像。他飞过宫殿，听到了优美动人的舞曲。一个美丽的女孩和她的爱人一起走上阳台。"多么美丽的星星，"男孩对女孩说道，"爱情的力量又是多么的美妙！"

"真希望我的礼服能赶得及做出来，这样就可以在全国晚会上穿上了它了，"她憧憬着，"我让裁缝在上面绣上西番莲花，可是那个女裁缝实在太懒了。"

他飞过河流，看到船的桅杆上挂着很多灯笼。他飞过犹太区，看到年迈的犹太人彼此讨价还价，然后把钱币放在铜天平上称重量。最后他终于飞到了那个可怜的人家，朝里望去。男孩发着高烧在床上翻来覆去，而母亲已经趴在桌上睡着了，她早已疲惫不堪。燕子跳进屋里，把那颗大的红宝石放在桌上女主人的顶针旁。然后他悄悄地绕着床飞了一圈，用翅膀扇着孩子的前额。"好凉快啊，"小男孩喃喃，"我的身体一定开始变好了，"说完便沉沉陷入了甜美的梦乡。

于是燕子飞回快乐王子身旁，把刚刚发生的事情告诉了他。"真是奇怪，"他很是不解，"外面这么冷，可是为什么现在我却觉得相当温暖呢。"

"这是因为你刚刚做了一件善事，"快乐王子回答道。小燕子开始思考王子的话，渐渐睡着了。思考总是会让他产生倦意。

当太阳升起的时候，他飞到河流下游，冲了个澡。"太不可思议的现象了，"一位鸟类学家从桥上路过时注意到，"冬天竟然有燕子！"然后他给当地的报社写了一封长长的信件告知此事。每个人都引用着其中的语句，但里面有太多的词汇他们并不理解。

"今天晚上我要飞往埃及去，"小燕子说道，一想到这儿就兴奋不已。他参观了城里所有的公共纪念馆，并在教堂的塔尖上坐了许久。不管去到哪儿，麻雀们都会叽叽喳喳地互相议论，"瞧他，可真是个贵客啊！"如此一来，小燕子就更加乐在其中了。

夜幕降临，月亮升起时，燕子飞回了快乐王子身边。"你在埃及有什么需要办的事情吗？"他高声问道，"我马上就要出发了。"

"燕子，燕子，小燕子，"快乐王子说道，"你就不能再陪我待一个晚上吗？"

"他们正在埃及等我呢，"燕子答道，"明天我的朋友们就会

飞到第二瀑布上面。那里的芦苇丛中卧着河马，一个巨大的花岗石宝座之上坐着伟大的门农神。他整夜都在仰望星空，晨星闪烁之时他就会愉悦地发出一声欢呼，然后沉默不语。中午时分，黄色的狮群会从山上下来到河边饮水。它们的双眸好似颗颗绿宝石，那一声声的震吼甚至比飞流而下的瀑布还要响亮。"

"燕子，燕子，小燕子，"王子说道，"远远穿过城市，我从阁楼里看到了一个年轻男子。他正在一张铺满报纸的桌边伏案工作，一旁的大酒杯里是一捆已经枯萎的紫罗兰。他有一头褐色卷曲的头发，嘴唇如石榴般鲜红，大大的眼睛却有些恍惚。他正竭尽全力完成剧院经理交待的剧本，但天气实在是太冷了，冻得他根本写不出任何东西。壁炉里没有柴火供暖，饥饿让他有些眩晕。"

"好吧，我再待一个晚上，"燕子答应道，他有一副好心肠。"我要再给他送一个红宝石去吗？"

"哎，我现在已经没有红宝石了，"王子叹息，"现在只剩下我的双眼。它们是一千年前印度出产的珍贵蓝宝石铸成的。把其中一个取出来给他送去吧。这样他就可以卖给珠宝商，买些食物和柴火，完成他的剧本了。"

"亲爱的王子，"燕子说道，"我不能那么做。"话音刚落，他便开始抽泣起来。

"燕子，燕子，小燕子，"王子安慰着，"就按我说的去做吧。"

于是燕子从王子的眼睛里取出宝石，朝那名男子的阁楼飞去。恰巧屋顶上有一个洞，燕子就此飞了进去。穿过洞口，燕子飞进了屋内。或许是正在埋首写作的关系，年轻男子并没有注意到燕子翅膀扇动发出的声音。等到抬起头时，才发现枯萎的紫罗兰上躺着一颗闪闪发光的蓝宝石。

"我开始受人赏识了，"他大声尖叫道，"这一定是哪个慷慨的仰慕者送来的。现在我可以完成我的剧本了。"男子的脸上露出幸福的笑容。

第二天燕子飞到了海港下面。他坐在一艘大船的桅杆上，看着水手们用麻绳把大箱子从船舱里搬了出来。"耶嘿！耶嘿！"随着一声声的号子声，一个个箱子被拖了出来。"我要飞去埃及了！"燕子大声欢呼着，但没人在意。夜幕再次降临时，他又飞回了快乐王子的身边。

"我是来道别的。"燕子高声说道。

"燕子，燕子，小燕子，"王子问道，"你可不可以再陪我一个晚上？"

"现在是冬天，"燕子答道，"不久就会落下寒冷的大雪。而在埃及，和煦温暖的阳光正洒在翠绿的棕榈树上，鳄鱼们慵懒地躺在泥地里。环顾四周，我的同伴们正在巴尔贝克的神庙里搭窝建巢，一旁粉色和白色的鸽子边看着他们，边咕咕地软语着。亲爱的王子殿下，我必须离开了，可是我是不会忘记您的，明年春天，我会带来两件漂亮的珠宝，代替您之前馈赠给别人的那两颗宝石。那里的红宝石会比娇艳的玫瑰花还要红润，蓝宝石则如同大海般湛蓝。"

"在广场的下面，"快乐王子说着，"站着一个卖火柴的小女孩。她不小心把火柴掉进了阴沟里，结果因为湿了全部不能用了。如果火柴卖不出去空手回家，父亲一定会狠狠地揍她一顿，想到这儿，小女孩就忍不住大声哭泣。她光着脚没穿袜子，小脑袋上也

没有带帽子。把我的另一只眼睛送去给她吧，这样她就不会挨打了。"

"我会再陪您一个晚上的，"燕子说道，"但是我不能把另外一只眼睛取出来，这样您就什么都看不到了。"

"燕子，燕子，小燕子，"王子说道，"就按照我说的去做吧。"

于是他把王子另外一只眼睛取了出来，带着它朝广场飞去。他一个俯冲穿过卖火柴的小女孩身边，宝石正好滑落到小女孩手中。"多么漂亮的一块玻璃啊！"小女孩大声尖叫道。她一路笑着跑回家去。

燕子又飞回了王子身边。"您现在眼睛看不见了，"他说道，"所以我会永远陪着您。"

"不，燕子，"可怜的王子拒绝道，"你必须飞去埃及。"

"我要永远和您在一起。"燕子不理会，他在王子脚下睡着了。

第二天一整天，他都坐在王子的肩膀上，给王子讲述自己在奇异小岛上的种种趣闻。他告诉王子红鹳们会在尼罗河口岸上站成长长的一排，用喙捕食金鱼；斯芬克斯，他和这个世界同寿，居住在茫茫沙漠中，通晓一切；商人们，会跟随驼群缓慢前行，他们手中握着琥珀珠子；明月山脉之王，他的皮肤如同黑檀一般漆黑，并且崇拜一块巨大的水晶；硕大的绿色蟒蛇栖息在棕榈树上，需要二十名教士用蜂蜜蛋糕喂食；俾格米人会坐在巨大扁平的叶子上穿过宽阔的湖面，而且他们总会和蝴蝶发动战争。

"亲爱的小燕子，"王子说道，"你告诉我的那些事情真的很不可思议，但是这世上最不可思议的事情无异于男男女女们所受的苦。没有一种神秘会大于磨难。小燕子，你可以飞到城市上空，然后告诉我你都看到了什么吗？"

　　于是燕子飞上这座城市的上空，他看到富人们在豪宅里纵情享乐，而乞丐们却坐在大门口挨饿受冻。他飞进幽暗的巷子，看到了一张张苍白的小脸，那些饥肠辘辘的孩子们有气无力地望着黑暗的街道。在一座桥的桥洞里，两个小男孩相互依偎着，想要彼此取暖。"我们真的是好饿啊！"孩子们哭嚷着。"你们不准躺在这里。"巡夜人看到后大声呵斥，孩子们只得继续在雨中徘徊。

　　燕子飞了回来，并把所看到的一切都告诉了王子。

　　"我身上镶满了纯金的叶片，"王子说道，"你把它们一片一片摘下来，然后送给我那穷苦的人民；活着的人们总认为金子可以带来幸福。"

　　按照王子说的，燕子把纯金叶子一片一片地取下，直到快乐王子不再金光闪闪，变得暗淡无光。然后他把纯金片送给了那些穷人，孩子们的脸上泛起了红晕，他们在大街上欢笑着快乐玩耍。"我们现在有面包吃咯！"他们兴奋地嚷嚷着。

　　可是下起了雪，大雪过后，严寒降临。街道银装素裹，明亮闪烁。长长的冰锥仿佛水晶般的尖刀，悬挂在房檐上，每个人都裹在厚厚的皮衣里，小男孩们戴着红色的帽子在冰上嬉戏。

　　可怜的小燕子感到越来越冷，但他不愿意离开王子，他太爱他了。燕子趁面包师傅不注意，在面包店门口捡了些面包屑充饥，扑棱着双翅以此取暖。

　　最终他还是觉察自己会死去。他用仅剩的最后一点力量再次飞到王子的肩膀上。"再见了，我亲爱的王子殿下！"他小声低语着，"可以让我吻一下您的手吗？"

"我很高兴你终于要飞去埃及了，小燕子，"王子说道，"你在这里待的时间太久了，你可以亲吻我的嘴唇，因为我很爱你。"

"我不是要飞去埃及，"燕子虚弱地答道，"我是要去死亡之殿。死亡是长眠的兄弟，不是吗？"

然后他亲吻了王子的嘴唇，跌倒在他的脚下，就这么死去了。

就在那一瞬间，雕像内部发出了一种奇怪的破裂的声音，仿佛某一样东西被打碎了。原来王子的铅制心脏裂成了两半。这真是个可怕的严寒。

第二天一早，市长和议会议员一起在广场下面散步，经过圆柱的时候市长抬起头瞥了一眼雕像，"天哪，快乐王子看上去是多么破旧不堪！"他高声说道。

"确实很破旧啊！"议会议员附和道，他从不违背市长的意思。然后他们一起走上前去一探究竟。

"他宝剑上的红宝石没了，蓝宝石眼睛没了，就连纯金的叶片也没了，"市长说道，"他比一个乞丐好不到哪儿去！"

"的确比乞丐好不了多少，"议会议长再次附和。

"他脚下还有一只死鸟！"市长继续说道，"我们必须发布一份声明，鸟类是不允许死在这里的。"文书员赶紧把这条建议记下来。

于是快乐王子的雕像被推倒了。"他已经不复当年的美丽，自然也就一无是处了。"大学的美术教授说道。

接着他们把雕像放入熔炉内熔化，市长还专门为此召开了市级会议，商讨如何处理这些金属。"我们必须建造另外一尊雕像，这是毋庸置疑的，"市长强调，"雕像应该以我为原型。"

　　"以你为原型，"议员们面面相觑，关于这点他们争论不休。
我最后一次听到人们说起此事，他们的争论还没有结束。

　　"真是怪事！"铸造厂的工头说。"这个坏掉的铅制心脏竟然
在熔炉里熔不了。我们还是把它扔掉吧。"于是他们把心脏扔到
了垃圾堆里，死去的燕子也躺在那儿。

　　"请帮我把这座城市里最珍贵的两样东西带过来，"上帝对
他的一位天使说道；于是天使带来了那颗铅制的心脏以及死去
的小鸟。

　　"正确的选择，"上帝称赞道，"因为在我的伊甸园里，这只
小鸟会为每个人歌唱，在我的黄金城中，快乐王子可以赞美我。"

童谣里的风俗

生长在中国这个具有五千年悠久历史的大家庭里，你一定知道很多传统的风俗吧！那么这些习俗你是如何得知的呢？是不是在儿时的童谣里听到的？

一九二九不出手

一九二九不出手，

三九四九冰上走，

五九六九沿河看柳，

七九河开，八九雁来，

九九加一九，

耕牛遍地走。

新年来到

新年来到，

人人欢笑，

姑娘要花儿，

小子要炮，

老太太要块大年糕，

老头儿要顶新毡帽。

二十三

二十三，糖瓜粘；

二十四，扫房日；

二十五，做豆腐；

二十六，去割肉；

二十七，宰只鸡；

二十八，把面发；

二十九，蒸馒头；

三十晚上守一宿，

大年初一扭一扭。

鞭　炮

新年到，
新年到，
家家户户放鞭炮，
噼里啪啦真热闹。

春 联

春联春联，

喜欢过年，

哥俩结伴，

守门两边，

身穿红衫，

尽说吉言。

牵手阅读

　　中国是一个具有悠久历史的国家，在中国的五十六个民族中，都有属于自己的风俗，代代传承。这些风俗不仅丰富了人们的生活，还增加了民族凝聚力。孩子在幼儿时代已经开始通过童谣来了解本民族的风俗了，那些富于音韵、朗朗上口的短句不仅可以引起孩子的美感、愉悦感，还可以获取新的经验和知识。当孩子们读到"春联春联，喜欢过年，哥俩结伴，守门两边，身穿红衫，尽说吉言"的时候，就了解了春联张贴的时间、样式、内容，增长了儿童的知识。

爱是生活最美的色彩

爱，是一个令人陶醉的字眼，它为人类创造了五彩斑斓的生活。爱的世界是充满阳光和色彩的世界，我们很难想象失去了爱的世界会是多么的可怕。当人们沐浴在爱的阳光中时，冷漠会化为亲切，仇恨也会化为宽容。生活中，我们确实需要一颗爱人之心，需要一种由爱而滋生的宽容情怀。因为，爱是生活最美的色彩。

❀ 阿　牙

周锐　著

阿牙是我的同事。

阿牙把他的人生哲学请人刻在他的牙齿上，一共8个字，"以血还血，以牙还牙"，刻在8个牙齿上，每天刷牙时可以从镜子里看到。

有这种人生哲学的人不止阿牙一个，但阿牙实行起来有些特别。并不是你撞他一个跟头，他也撞你一个跟头，阿牙不是这样的。他希望自己有些涵养。他从地上爬起来的时候，提醒自己要冷静，不要冲动。可他毕竟吃亏了，一想到这，他就没法舒服。他的冷静往往只能持续100步左右，而这时已找不到原先撞他的人了，那么此后遇见的第一个人就成为他发泄的对象。他把这人撞个跟头，便觉得彻底舒服，可以扬长而去了。

一次，阿牙在路上遇见一个油漆匠，油漆匠提着的油漆不小心在阿牙的裤子上蹭了一下。阿牙的裤子就沾上一块漆。走了

100 步以后，阿牙开始实行他的人生哲学。

阿牙家里没有油漆。他得去买一桶油漆。

"买一桶油漆，这种颜色的。"他指着自己的裤子对油漆店老板说。

老板瞧了瞧阿牙的裤子，说："这种玫瑰红的漆已经卖完了，只有桃红的，紫红的，铁锈红的……"

阿牙从来不肯马虎的。他连跑几家油漆店，终于买到玫瑰红的漆，然后把这漆蹭到一个行人的身上。

这行人凑巧跟阿牙是同一类型，他会再把漆蹭到别人身上。阿牙便告诉他玫瑰红的漆哪里有卖，省得他再走弯路。

那人和阿牙不同的是，吃一次亏，他会发泄一百次。所以城里很快增添了许多块玫瑰红。

每天见面时，同事们都能从阿牙的表现推断出他在路上有过什么遭遇。

一天，阿牙摇摇晃晃来上班。

他见到我，问我："你……怎么老是……晃来晃去？"

我说："是你自己在晃。"

"可我看过去，是你在晃呀。"

他像个醉鬼，但脸一点儿不红，嘴里也没有酒味。

他又气势汹汹地训斥我："你怎么长两个鼻子？凭什么比我多长一个？"

我们于是知道了，阿牙在路上被个醉鬼训了一通，便又来找人出气。

照这么说，同事们都成了阿牙的出气筒了，岂不是很倒霉？

其实也未必，因为他要是遇上意外的好运，也会受不了，仍要"二传"给我们的。

上星期一，阿牙一进门就叫我"叔叔"。

我有点受宠若惊，要知道阿牙还比我大几岁。后来他告诉我，他刚才遇见一个近视得很厉害的女孩，把他错认成叔叔了。其他同事便也要阿牙喊他们"叔叔"，但阿牙不肯了，他说那女孩只喊了他一声"叔叔"。

是一个老头儿改变了阿牙的人生哲学。

阿牙上街去，走着走着，忽听一声巨响，他的眼镜飞走。

原来有人迎面打了个大喷嚏。

那人替阿牙捡回眼镜，道歉说："对不起，我感冒了。"

可是阿牙的心里怎么也不平衡。为了获得喷嚏必须感冒，他就在这大冷天脱了衣服跳进河里……有了感冒，有了喷嚏，又找到一个戴眼镜的人，"阿嚏！"那人的眼镜立刻飞得远远的。

阿牙心里安稳了。但他的鼻子却不得安稳。尽管他拼命控制，可仅仅一个喷嚏根本收不了场。"阿嚏！"迎面来了个老头儿，阿牙的第二个喷嚏打飞了老头儿的帽子。

阿牙这时开始感到内疚。他建议老头儿也跳到河里……但老头儿没听他的。老头自己拾起眼镜，对阿牙说："我来帮你治治。"

老头儿揪住阿牙的鼻子，像开保险箱一样，左转 3 圈，右转 5 圈，最后狠狠地按了一按，"好了。"

阿牙吸了吸鼻子，十分畅通，藏在里面的喷嚏都不见了。

阿牙感动地对着老头儿笑了笑。

这一笑，露出了牙齿，露出了那 8 个字。老头儿凑近来看那 8 个字。看清楚了，老头儿劝阿牙把字磨掉。"没有这些字笑起来会更好看。"

牵手阅读

爱是生命的火焰，失去了爱，世界将充满黑暗和严寒，有了爱的世界，才会充满光明和温暖。本文为我们讲述了一个关于爱的故事，在"老头儿"爱的感染下，阿牙"以血还血，以牙还牙"的人生哲学瓦解了。从这个故事中我们领悟到爱具有多么大的感染力，它从一个人传到另一个人的身上，让饥寒交迫的人感到人间的温暖，让濒临绝境的人看到希望，人世间最温暖的力量就是爱。

洗手间里的晚宴

周海亮　著

　　女佣住在主人家附近，独自带一个四岁的男孩。主人也曾留她住下，却总是被她拒绝，因为她非常自卑。

　　那天主人要请很多上流社会的客人吃饭。主人对女佣说今天您能不能晚些回家。女佣说当然可以，不过我儿子见不到我，会害怕的。主人说那您把他也带过来吧。那时已经是黄昏，女佣回家拉了儿子往主人家赶。儿子问我们要去哪里？女佣说带你参加一个晚宴。

　　四岁的儿子并不知道，自己的母亲是一位用人。

　　女佣开始把儿子关进主人家的书房。可是不断有客人光临。女佣有些不安。她不想让儿子知道主人和用人的区别、富有和贫穷的区别。后来她把儿子关进主人的洗手间，说这是给你准备的房间。她指着马桶说，这是一个凳子。然后她再指指洗漱台，这是一张桌子。她从怀里掏出两根香肠，放进一个盘子里。母亲说，现在晚宴开始了。

盘子是从主人的厨房里拿来的。香肠是她在回家的路上买的。她已经很久没有给自己的儿子买过香肠。做这些时，女佣努力抑制着泪水。没办法，主人的洗手间是房子里唯一安静的地方。

男孩在贫困中长大。他从没有见过这么豪华的房子，更没有见过这样的洗手间。他不认识抽水马桶，不认识大理石洗漱台。他坐在地上，将盘子放上马桶盖，他盯着盘子里的香肠和面包，自己唱起快乐的歌。

晚宴开始的时候，主人突然想起女佣的儿子。他问女佣，女佣说她也不知道。主人看女佣躲闪着的目光，就在房子里静静地寻找。终于他顺着歌声找到了洗手间里的男孩。那时男孩正将一块香肠放进嘴里。他愣住了。他问男孩躲在这里干什么？男孩说我是来这里参加晚宴的，现在我正在吃晚餐。他问你知道这是什么地方吗？男孩说我当然知道，这是晚宴的主人单独为我准备的房间。主人说是你妈妈这样告诉你的吧？男孩说是……其实不用妈妈说，我也知道。晚宴的主人一定会为我准备最好的房间。不过，男孩指了指盘子里的香肠，我希望能有个人陪我吃这些东西。

主人的鼻子有些发酸。他默默地走回餐桌前，对所有的客人说，对不起今天我不能陪你们共进晚餐了，我得陪一位特殊的客人。然后，他从餐桌上端走两个盘子，来到洗手间的门口，礼貌地敲门。得到男孩的允许后，他推开门，把两个盘子放到马桶盖上。他说这么好的房间，当然不能让你一个人独享，我们共进晚餐。

那天他和男孩聊了很多。他让男孩坚信洗手间是整栋房子里最好的房间。他们在洗手间里吃了很多东西，唱了很多歌。不断有客人敲门进来，他们向主人和男孩问好。他们递给男孩美味的

苹果汁和烤成金黄的鸡翅。后来他们干脆一起挤到小小的洗手间里，给男孩唱起了歌，每个人都很认真。

多年后男孩子长大了。他有了自己的公司，有了带两个洗手间的房子。他步入了上流社会，成为富人。每年他都要拿出很大一笔钱救助一些穷人，可是他从不举行捐赠仪式，更不让那些穷人知道他的名字。有朋友问及理由，他说我始终记得很多年前，有一天，有一位富人，有很多人，小心地维系了一个四岁男孩的自尊。

再别康桥

轻轻的我走了，

正如我轻轻的来；

我轻轻的招手，

作别西天的云彩。

那河畔的金柳，

是夕阳中的新娘；

波光里的艳影，

在我的心头荡漾。

软泥上的青荇，

油油的在水底招摇；

在康河的柔波里，

我甘心做一条水草！

那榆荫下的一潭，

不是清泉，是天上虹，

揉碎在浮藻间，

沉淀着彩虹似的梦。

寻梦？撑一支长篙，

向青草更青处漫溯，

满载一船星辉，

在星辉斑斓里放歌。

但我不能放歌，

悄悄是别离的笙箫；

夏虫也为我沉默，

沉默是今晚的康桥！

悄悄的我走了，

正如我悄悄的来；

我挥一挥衣袖，

不带走一片云彩。

十一月六日

🍀 牵手阅读

　　《再别康桥》写于 1928 年诗人重返英伦的归国途中。故地重游，昔日之景勾起作者在康桥的美好回忆。那西天的云彩、河畔的金柳、河中的波光艳影，还有那软泥上的青荇……各种物象相映成趣，无不浸透着诗人对康桥的无限深情。诗人更将自己的生活体验化作缕缕情思，融汇在那康桥美丽的景色里，驰骋在想象之中。

🍀 燕　子

郑振铎　著

　　乌黑的一身羽毛，光滑漂亮，积伶积俐，加上一双剪刀似的尾巴，一对劲俊轻快的翅膀，凑成了那样可爱的活泼的一只小燕子。当春间二三月，轻飔微微地吹拂着，如毛的细雨无因地由天上洒落着，千条万条的柔柳，齐舒了它们的黄绿的眼，红的白的黄的花，绿的草，绿的树叶，皆如赶赴市集者似的奔聚而来，形成了烂漫无比的春天时，那些小燕子，那么伶俐可爱的小燕子，便也由南方飞来，加入了这个隽妙无比的春景的图画中，为春光平添了许多的生趣。小燕子带了它的双剪似的尾，在微风细雨中，或在阳光满地时，斜飞于旷亮无比的天空之上，唧的一声，已由这里稻田上，飞到了那边的高柳之下了。再几只却隽逸地在粼粼如縠纹的湖面横掠着，小燕子的剪尾或翼尖，偶沾了水面一下，那小圆晕便一圈一圈地荡漾开去。那边还有飞倦了的几对，闲散地憩息于纤细的电线上——嫩蓝的春天，几支木杆，几痕细线连于杆与杆间，线上停着几个粗而有致的小黑点，那便是燕子。那

是多么有趣的一幅图画呀！还有一个个的快乐家庭，他们还特地为我们的小燕子备了一两个小巢，放在厅梁的最高处，假如这家有了一个匾额，那匾后便是小燕子最好的安巢之所。第一年，小燕子来住了，第二年，我们的小燕子，就是去年的一对，它们还要来住。

"燕子归来寻旧垒。"

还是去年的主，还是去年的宾，他们宾主间是如何的融融泄泄呀！偶然的有几家，小燕子却不来光顾，那便很使主人忧戚，他们邀召不到那么隽逸的嘉宾，每以为自己运命的蹇劣呢。

这便是我们故乡的小燕子，可爱的活泼的小燕子，曾使几多的孩子们欢呼着，注意着，沉醉着，曾使几多的农人、市民们忧戚着，或舒怀地指点着，且曾平添了几多的春色，几多的生趣于我们的春天的小燕子！

如今，离家是几千里！离国是几千里！托身于浮宅之上，奔驰于万顷海涛之间，不料却见着我们的小燕子。

这小燕子，便是我们故乡的那一对、两对么？便是我们今春在故乡所见的那一对、两对么？

见了它们，游子们能不引起了，至少是轻烟似的，一缕两缕的乡愁么？

海水是皎洁无比的蔚蓝色，海波平稳得如春晨的西湖一样，偶有微风，只吹起了绝细绝细的千万个粼粼的小皱纹，这更使照晒于初夏之太阳光之下的、金光灿烂的水面显得温秀可喜。我没有见过那么美的海！天上也是皎洁无比的蔚蓝色，只有几片薄纱似的轻云，平贴于空中，就如一个女郎，穿了绝美的蓝色夏衣，而颈间却围绕了一段绝细绝轻的白纱巾。我没有见过那么美的天空！我们倚在青色的船栏上，默默地望着这绝美的海天；我们一点杂念也没有，我们是被沉醉了，我们是被带入晶莹的天空中了。

就在这时，我们的小燕子，二只，三只，四只，在海上出现了。它们仍是隽逸地、从容地在海面上斜掠着，如在小湖面上一样；海水被它的似剪的尾与翼尖一打，也仍是连漾了好几圈圆晕。小小的燕子，浩莽的大海，飞着飞着，不会觉得倦么？不会遇着暴风疾雨么？我们真替它们担心呢！

小燕子却从容地憩着了。它们展开了双翼，身子一落，落在海面上了，双翼如浮圈似的支持着体重，活是一只乌黑的小水禽，在随波上下地浮着，又安闲，又舒适。海是它们那么安好的家，我们真是想不到。

在故乡，我们还会想象得到我们的小燕子是这样的一个海上英雄么？

海水仍是平贴无波，许多绝小绝小的海鱼，为我们的船所惊动，群向远处窜去；随了它们飞窜着，水面起了一条条的长痕，正如我们当孩子时之用瓦片打水漂在水面所划起的长痕。这小鱼是我们小燕子的粮食么？

小燕子在海面上斜掠着，浮憩着。它们果真是我们故乡的小燕子么？

啊，乡愁呀，如轻烟似的乡愁呀！

🌸 留下的歌

周锐 著

在一座只剩七棵树的森林里，住着七只小鸟。

第一棵树上住的鸟叫"多"，他每天唱一支歌："多，多，多……"

第二棵树上住着"来"。接下去是"咪""发""梭""拉""西"，他们都有自己的歌：

"来，来，来……"

"咪，咪，咪……"

"发，发，发……"

……

一起唱起来，挺热闹的。

有一天，出了可怕的事，多住的那棵树被砍倒了。

多没地方住了，他对邻居来说："我不得不离开这里了。但我很想把我的歌留下来。"

多就把自己的歌教给来。然后恋恋不舍地飞走了。

从此以后，来的歌声就变成：

"多来，多来，多来……"

一听这歌声，伙伴们就会想起不知飞去哪里的多。

又过了些日子，来的那棵树也被砍倒了。来伤心地离去之前，也把自己的歌留给了邻居咪……

到这森林里剩下一棵树时，只有小鸟西含泪唱着伙伴们的歌：

"多来咪发梭拉西，

西拉梭发咪来多……"

可不可以不勇敢

勇敢不同于鲁莽，它是根植于心中的稳定持恒的人生品质。勇敢无所谓大小，凡是追求进步、追求真理、追求正义的人都是勇敢者。在战场上冲锋陷阵、奋不顾身的战士是勇敢者，在事业中开拓进取、与困难做不懈斗争的人是勇敢者，在成长里与自己的弱点进行坚决斗争的人更是勇敢者。

🌸 少年鼓手

【意】亚米契斯　著　米诺　译

　　这故事发生在一八四八年七月二十四日。我军步兵一团约六十名士兵被派遣到某高地去，忽然遭受奥军两个中队的攻击。敌人暴风雨般的子弹从四面八方飞来，我军退避到空屋中，在窗口猛烈射击。

　　率领指挥的三位军官中有一位勇敢的老上尉，他身材高大，须发花白，神情严肃。士兵中有一个少年鼓手，身材矮小，肤色浅黑，目光炯炯。老上尉在楼上指挥作战，他那钢铁铸成般的脸上没有任何表情。少年鼓手将头探出窗外张望着，从烟尘中隐约地看到奥军正缓缓地逼近。

　　敌人的猛烈进攻叫人害怕，弹丸如雨，天花板、家具、门窗被击得粉碎。子弹的呼啸声，炮弹的轰鸣声，几乎要使脑袋裂开。一名在窗口射击防御的士兵，受伤倒在地板上，马上就被拖到一边，由另外的人去接替。也有的伤兵用手捂住了伤口，呻吟着踉跄地走。敌军的半圆形包围圈渐渐地逼近。

上尉忽然现出不安的神情，带了一个军士急忙地离开了房间。过了三分钟，那军士跑来向少年鼓手招手。少年疾步登上楼梯，到了阁楼。上尉正倚着小窗边，在纸条上写字，脚边有一根井绳。

上尉把纸条折了几下，用他那凛然的目光注视着少年，厉声地说：

"你有足够的勇气吗？"上尉说。

"有，上尉！"少年回答，眼睛炯炯发光。

上尉把少年推近窗口：

"往下面看！有枪刺闪光的地方有我军驻守。你拿这张条子，用这根绳子溜下去，火速翻过山坡，穿过田野，跑入我军阵地，把条子交给你遇到的第一个军官。"

少年鼓手把纸条放入口袋。军士将绳子放下去，上尉将少年扶出窗口。

"你一定要小心！"老上尉对少年鼓手说，"我们的安危，就靠你的勇气了！"

"请相信我，上尉！"少年一边回答一边往下滑。

上尉和军士抓紧了绳子：

"下山坡要弯着身子跑！"

"放心！"

"愿你成功！"

鼓手立刻滑到地上了。上尉很不放心，用急切的目光看少年在山坡上狂奔。

老上尉正在暗自庆幸少年鼓手逃过了敌人的眼睛。就在差不多快成功的时候，忽然在少年前后数步之间冒出五六股硝烟来。原来奥军发现了少年，从高处猛烈地向他射击。少年拼命地跑，突然，他倒下了。

"他被击中了！"上尉咬着牙焦急地说。话音未落，少年又站起来了。

"啊，还好，只是跌了一跤！"上尉吐了一口气。

可是，少年的一条腿好像有些跛。

"他的踝骨一定是扭伤了！"上尉想。接着烟尘又从少年的近旁冒起来，上尉的目光仍不离少年。那纸条如果能送到本队，援兵就会来；万一误事，只有战死与被俘两条路了。

少年飞快地跑了一会儿，然后开始跛着走。过一会儿，再重新跑，力气渐渐减弱，步伐越来越沉重，坐下休息了好几次。

"大概子弹打中了他的腿。"上尉急得浑身发抖，眼睛都要迸出火星来了。

这时，楼下的战斗仍激烈地进行着，只听见子弹的呼啸声，士兵的怒吼声，负伤者凄绝的哭泣声，器具的破碎声和残墙倒塌的声音。

"加油啊，快跑啊！"上尉大声呼喊着，"不要怕！糟糕！他停下来了！他又开始跑了！"

少年已经跑不动了，望去好像拖着腿勉强一步一步地往前走。

上尉咬紧了牙齿，握紧了拳头："跑呀！快跑呀！你不跑他们就会杀了你！"

少年忽然不见了，好像已经倒下了。不一会儿，又跑了起来，不久又消失不见了。

上尉急忙下楼，子弹雨一般地扫射，满屋子都是负伤者，墙壁和地板上染满血迹，许多尸体堆在门口，屋子里到处是烟气和灰尘。

上尉高声鼓励着士兵们：

"大胆防御！援兵就快来了！一定要顶住啊！"

敌军渐渐逼近，枪声里面夹杂着可怕的喊杀声。我军防御的火力渐渐薄弱，士兵脸上都表现出绝望的神情。这时，敌军忽然减弱了火力，用德语和生硬的意大利语喊着："投降吧！投降吧！"

"不！"上尉从窗口高声回答。

两军的炮火又猛烈起来了。我军有几个窗口已经没有防御力量了。上尉绝望地喊着："援兵怎么还不来！"这时军士从阁楼上跑下来，大声叫道：

"援兵来了！"

听到这声音，士兵们都立刻冲到了窗口，重新猛力抵抗敌军。

过了一会儿，敌军似乎气馁了，阵势纷乱起来。上尉急忙收集残兵，准备冲锋。这时，听到外面震天动地的呐喊声和急促的马蹄声。从窗口望去，只见意大利骑兵一中队，正全速奔来。远见那明晃晃的枪刺，不绝地落在敌军头上、肩上、背上。敌人开始退却。转瞬间，两大队的步兵带着两门大炮赶来支援，把奥军全部赶了回去。

上尉率领残兵回到自己所属的联队里，在最后一次冲锋的时候，他为流弹击中，伤了左手。

那天战斗以我军的胜利告终。次日再战，我军虽勇敢对抗，终以众寡不敌，于二十七日早晨，退守明契阿河。

　　上尉虽负了伤，但仍率领士兵徒步行进。日暮，到了明契阿河岸的哥伊托镇。上尉要去找寻他的副官。那副官伤了手腕，被救护队所救，比上尉先到这里。上尉走进一所设着临时野战医院的教堂，全都满住了伤兵。两个战地医师和许多护士奔走着，到处都是叫喊声与呻吟声。

　　上尉寻找着副官，听到有人用低弱的声音喊"上尉"，原来是少年鼓手。他躺在床上，盖着窗帘布，苍白而瘦弱的两手露出外面，眼睛像宝石一样地闪着光。上尉一惊：

　　"你在这里？你尽了一名军人的职责！"

　　"我尽了我的全力。"少年回答。

　　"你受伤了？"上尉一边问，一边看附近各床，寻觅副官。

　　"没事儿！"少年回答说。他开始觉得负伤对他来说是一种荣誉。"我拼命跑，原是担心被看见，才弯着腰跑，不料竟被敌人发现了我的行踪。要是没被射中，我还可再快二十分钟的。受伤之后，一点儿也走不动，我担心到不了军营本部了。还好！我总算拼命到达了目的地，很快就找到了参谋部的一位上尉，把纸条交给了他。我尽了我自己的力量。上尉，您的手还流着血呢！"

　　"请让我替您包好绷带吧。"少年说。

　　少年把上尉的绷带解开重新扎好。可是，少年刚把头从枕头上抬起来，面色就变得苍白，又躺了下去。

　　"不要紧，已经好了。"上尉一面劝慰着少年，一面想把包着绷带的手缩回来，"不要顾着我。你自己也要留心！即使是小伤，

不注意就要严重起来的。"上尉说。

少年左右摇着头。上尉关切地注视着他说：

"你这样虚弱，一定是流了不少血吧？"

少年微笑说："何止是失血呢，请看这里！"说着把身上盖的布揭开。

上尉大吃一惊，向后退了一步。原来，少年已经失去了一条腿！他左腿已齐膝截去，剩下的部分用纱布包着，渗出了殷红的鲜血。

这时，一个军医正好走过，向着少年点了点头，对上尉说：

"上尉！真是遗憾，他的腿没能保住！他如果不是受了伤还那么拼命地跑，那腿本来是可以保住的。他真是一名勇敢的少年啊！手术时，他连喊也没喊一声，他以意大利男儿自豪呢！"

上尉皱眉凝视着少年，慢慢摘下帽子。

"上尉！您这是为我吗？"少年惊讶地问道。

一向对部下严肃的上尉，这时竟温柔地对少年说：

"我不过是一个上尉，而你却是我们的英雄！"说完，深深亲吻了他三次。

牵手阅读

　　在一个十四岁少年的心中，祖国是多么的伟大，他愿意为祖国牺牲自己的生命。在其他孩子还在享受着金色童年的时候，这位十四岁的少年鼓手却失去了一条腿。虽然他失去了一条腿，不能奔跑，不能追逐，不能嬉戏，但是他非常骄傲，因为那条腿失去得值得，它能换来祖国的胜利，它能换来祖国的明天，它能换来人们的欢声笑语。

✿ 青春狙击

于立极　著

总有一次命运的狙击在青春转弯处等你。
——题记

1

我有双鹰一般锐利的眼睛，世界在我眼里纤毫毕现。

这得感谢我的父亲，小时候每当我学习不注意用眼卫生时，他就会严厉斥责。这种儿子对父亲的敬畏，使我养成了许多好习惯。在周围同学一到初中就纷纷变成"四眼"时，我仍然能够拥有一双好眼睛。

现在就用到了这双鹰一般锐利的眼睛，我能看到近处黑洞洞的枪口，也能看清 800 米外隐藏在窗户后面的狙击手，那是我父亲。

那些让人畏惧的枪口其实是指向我背后的歹徒，我被劫持了！你不必让我咬自己的舌头或手，我没有做噩梦！以前只在电影、电视里出现的镜头，居然真就发生在我的眼前。此刻，一个极度危险的杀人嫌疑犯把刀架在我的脖子上，十分狡猾地把头藏在我的头后。我和歹徒两个被警察叔叔包围在教学楼门前，几十支或明或暗的枪对准我的脑袋，寻找杀人嫌犯的破绽。

大约一周前，这个凶残的歹徒在大街上公然抢劫一个女人。这个妇女因抗拒被他一刀割断了颈动脉，倒在血泊中。全市警察紧急对歹徒进行抓捕，终于把他围追堵截到了我们学校，最后我就成了他狗急跳墙的人质。

已经是春天了，三月的天气春风拂面，我却感觉不到。这样的时刻，心里感觉极其怪异，仿佛时间静止了，包括春天吹面不寒的风也停顿在空中。

歹徒因过于紧张，抵在颈部的锋利刀刃已经割破了我的皮肤，我能感觉到血在流出来，脸上却表情坦然。我在死亡的浓重阴影笼罩之下，歹徒的刀和警察的枪都可以置我于死地。而我居然没有发抖，表现得像父亲那样，像一个真正的男人那样。

我凭在对面楼上一闪而过的身影，就知道父亲一定在那里，正用狙击步枪瞄准我的脑袋。而这个惊恐的歹徒显然没有注意到。

父亲是滨城警察飞虎队的首席狙击手，平素不苟言笑，脸色冷峻，是一个不折不扣的阳刚男人，像冬天的太阳。

对他来说，世界总是充满淡淡的硝烟味。他的任务是保护市民，对付最凶残的罪犯。平时，他就像武功高超的侠客，把锋利的宝剑藏在鞘里。一旦最凶残的罪犯出现，他就会立刻扬剑出鞘，出枪瞄准，子弹在枪口绽放一朵火花，迅即旋转着向目标飞去，绽开另外一朵花儿——血花，结束罪恶。父亲曾经对我说，在这

个时代，人类还没有进化到理想中的"大同"世界，还需要法律以暴制暴，以血还血！

我有今天的表现，应该感谢我的父亲。他对我的父爱就是严厉，他从来就没有把我当作男孩，他总是把我当作男人看待——你是个男人，注意挺胸抬头！你是个男人，不要和女生嬉皮笑脸！男人应该有男人的样子！你瞧，他平时就是这样教育我的。

天色转为黯淡，似乎太阳也不忍看到这命悬一线的紧张场面，隐没在厚厚的云层中。这是一个缺钙而软骨的时代，中国的孩子们整天待在屋子里学习，缺乏那种毫无遮拦的阳光照射，骨骼就无法钙化为坚强。这是父亲的论点，他对当前教育颇有微词，认为现行教育体制培养出来的孩子孱弱且浮华，难当振兴国家的重任。

没错！当日本的同龄孩子在应答如果中日再战的考题时，我们在干什么？我们吃垃圾食品，我们迷恋歌星、影星，我们追求所谓的个性和自我，从来不顾别人的感受！

也许是受父亲的影响，我对人生的很多问题都有思考，包括如何应对苦难。这当然超越了我这样年龄中学生的思维空间，但是，从来英雄出少年。

我有勇气随时等待一颗子弹向我飞来！

2

当那个歹徒像条惊慌失措的恶狼一样，轰隆一声撞开我们教室的门的时候，我们正在上课。授课老师前去阻拦，被他一拳打倒，满脸是血，眼镜也碎在地上。

在门外警察一片"放下刀"的厉喝声中，歹徒负隅顽抗，顺手把雪怡揪起来挡在自己面前。被歹徒抓住的时候，雪怡的脸虽然煞白，但没有太失态。这已经很不错了，换成别的女生说不定当场就哭出来了。

所有的人都没有遇到过这种极端的情况，大脑一片空白，无所作为。

"你还是不是个男人？把女生放下，我替她！"我站起来时发出的声音在教室里回荡。

居然有人愿意以命相换，歹徒用怪异和不解的眼神看我。东北男人最怕说他不是男人，我的话击中了他的软肋。歹徒点点头，他把雪怡搡在一旁，用手臂一把将走过去的我搂在身前，以抵挡正义的枪弹和愤怒的目光。

你问我如果不是雪怡被劫持，我会不会也挺身而出？这是个拷问灵魂的问题，我难以回答。至于我是不是对雪怡有点别的意思，想英雄救美？呵呵，这是我的秘密，我有权不说，随你猜去吧。

雪怡是高傲的，高傲得像公主。你知道，雪怡一直眼高于顶，根本瞧不起我们这些男生。其实也不能怪她，谁让我们不争气，学习成绩再努力也超不过她。我知道她对男生的态度还有一个原因，老有男生去追求她（这其中当然不包括我），搞得她很恼火。雪怡对追求者的目光和纸条总是不屑一顾，这是对的，什么年龄就要干什么年龄的事，我们现在的任务就是学习。

有一段时间，雪怡的情绪很是低落。我后来通过同学了解到，她的父亲下岗了，家庭经济压力非常大。我便私下组织同

学为她捐款，通过班主任转交给她。没想到雪怡拒绝了，这不免让我有些恼火。但说心里话，我又非常欣赏她，欣赏她的这种自尊。

父亲下岗，无疑是家中的顶梁柱倒了，雪怡能坚强面对，坚忍地走过了这段精神与物质的双重艰难困苦，实在不简单。她依然故我地认真听讲，努力学习，成绩稳拿第一。这个女孩身上真有点男儿浩气！

雪怡真是个奇怪的女生，当初我迷恋上台唱歌，全校美眉对我趋之若鹜，只有雪怡对我不亢不卑。平时我们除了学习和工作，很少对话，她对我也是淡淡的。有了此事后，雪怡再看我的眼神却柔和多了。这一柔和，她就显得更加好看了。

当然，我对她的情感只限于欣赏。

此时，我看到雪怡的神色，还没有完全从惊恐中摆脱出来。她呆呆地望着我，目光一直紧张地追随着我，这不免让我的心里很感欣慰。

我用懒洋洋的态度对待歹徒和他手中的刀，这种轻蔑显然激怒了他。他用手中的刀更重地抵在我的皮肤上，鲜血随着疼痛流个不停。如果他再用力一些，我就会像那个被他残杀的妇女，血溅当场，无法挽救！

我在刀光中看向雪怡，用镇静的目光安抚她。

歹徒挟持我冲出教室，雪怡率先跟了出来，她真是个勇敢的女孩！

那一瞬间，我有一种英雄相惜的感觉。

3

每次我从教学楼里出来，总会长舒一口气，欣喜地迎接灿烂的阳光。大地相对于教室来说，仿佛是蓝天和鸟笼之分，我的心就会开始翱翔！

但是今天不同，外面的气氛更加紧张，仿佛火药桶般一触即爆！面对警察的四面埋伏，歹徒情绪更加紧张和偏激。他要求警察给他一辆车子逃跑，否则就把我杀掉！

爸爸说男人应该像冬日，在严峻寒冷的冬天照耀人间。我对爸爸的观点举双手赞成。

得知父亲是飞虎队里的狙击手，我一直保守秘密。我只把这种骄傲藏在心里，这是一个男子汉应该做的。

大多数男孩子喜欢枪，这和大多数女孩子喜欢花一样，似乎都是天性。

那段时间，我发疯般迷上了狙击手。马克·沃尔伯格主演的《生死狙击》，汤贝宁加主演的《狙击手》，裘德·洛主演的《兵临城下》，这些有关狙击手的影碟都被我买到了手。我迷恋于影片中那些狙击手射出子弹时弹道主观镜头，狙击画面逼真得令人叫绝。

父亲用的是 JS7.62mm 狙击步枪。从兵器杂志上，我了解到这是 2003 年初我国建设集团军品研究所根据军队、武警及公安部门的需求而特制的。当时研制出的狙击步枪有两种，一种是大口径的 JS12.7mm 狙击步枪，主要战术任务是反狙击和毁

伤敌方重要装备及物资器材；另外一种是中口径的 JS7.62mm 狙击步枪，主要战术任务是消灭 800 米以内的有生目标。JS7.62mm 狙击步枪全枪结构紧凑，两脚架用螺钉固定在悬臂式的铝合金下护手前端，可向后折叠。在机匣左侧上方安装有活动抛壳挺，握把上方是发射机保险。枪托、握把和发射机座为铝合金一体件，甚至起到了半个机匣的作用。JS7.62mm 狙击步枪配用 3 ~ 9 倍变倍白光瞄准镜，口径 7.62 毫米，重量 5.5 公斤，枪长 1030 毫米，初速 790 秒，弹匣容弹量 5 发，有效射程 800 米。

800 米，正好是现在我和父亲之间的最后有效距离！

我不会预测未来，但我知道自己的生死就在今天！

4

总有一次命运的狙击在青春转弯处等你，这样的突发事件有可能是一个事件，也有可能是内心隐秘的情感，来自学校、家庭和社会。就像海浪必须与礁石碰撞才能爆发出绝美的浪花！它便是你生命中的成年礼，用足够毁灭的力量历练你，你能做的，只能去面对和迎接！

我突然明白了，雪怡父亲的下岗，以及我今天的被劫持，其实都是生命中的历练。这些常人没有的经历极其宝贵，它促使我们早日成熟起来。

时间一分一秒过去，血迹干在了我的脖子上。歹徒愈加焦躁，忍耐到了极限，情绪近乎失控。我能感觉到他身体内的魔鬼犹如困兽，在恐惧、愤怒与咆哮。越拖对局面越不利。这时的歹徒已经把注意力集中到警察身上，他们在激烈谈判。歹徒发出最后通牒，强烈要求给他一辆加满油的车，让他开到见不到警察的地方，然后再放掉我。否则，就要马上动手杀掉我！

我知道有一个人一定处在万分焦急之中，这个人就是我的父亲。他一定早就从瞄准器里看到他的儿子被歹徒劫持，时刻处于危险之中。他的眼睛，一定一眨不眨地盯着我的脸，手指搭在扳机上，只要歹徒露出一丝破绽，他就会迅速扣动扳机，这是真正的生死狙击。

但是，歹徒非常狡猾，他不给父亲这个机会！

我信任父亲，信任他的枪法。这种力量也来源于父子间的信任和默契。而我此时热血澎湃，手中无剑心中有剑，手中无枪心中却有枪！

我知道 JS 7.62mm 狙击步枪具备良好的射击精度，该枪枪管采用弹道枪枪管制造工艺，精度高，公差小。它的非自动方式，刚性闭锁，减少了运动件数量及运动件动作对射击精度的影响。但是我们之间相隔 800 米，这个距离是该枪的射击极限。如果一旦失手，会出现两种情况，一是父亲的子弹把我打死；二是如果父亲不能一枪毙命歹徒，他的利刃就会割爆我的颈动脉。

我在心里喊：父亲，我信任你！

近旁的警察愤怒地挥舞着拿枪的手，歹徒的注意力一下子被吸引过去。

我把握时机，对父亲的位置眨了两下眼睛，我知道他一定会从瞄准器里看得到！紧接着我突然把头一歪，歹徒的头顿时出现在父亲的瞄准器里。父亲适时把握住良机，迅速扣动扳机，子弹呼啸着飞来！

准确地说，我并没有听到枪响，只感到子弹贴着鬓发一掠而过！身后的歹徒身体顿时一僵向后跌倒，同时有一些温热的液体喷溅在我的脑后。那把可以置我于死地的利刃在我的脖子旁无力地滑过。我活着！

周围的警察迅速冲过来，兴奋地高喊："好枪法。一枪毙命！"

我向父亲的方向微笑了，这是父子不为人知的默契。和平年代里，这样的场面即便对于成年人也是惊骇的。所有的老师和同学们一时愣住了，整个操场一片寂静。事后雪怡说，大家的眼中被我的笑容充满，那笑容简直像春天的花朵一样绽放，帅呆了酷毙了！

一切都结束了，以血还血，这是公正的结局。

用不着回头了，我抬腿向前走去，如同从黑夜的暗影里走出。刚开始的时候身体还有些僵硬，几步之后就正常如初。

我感觉迈出的步履比以前的更矫健，更像是一个跨越青春期的青年。那声枪响之后，我比同龄人更早一些从少年跨入了青年！

我被无比激动的人群包围了，没有欢呼，但我能看到他们的眼睛和内心，那种隐忍却澎湃如潮的情感，我被老师和同学们巨大的热情簇拥起来——如同绽放的海浪花。

太阳重新从云层中露出笑脸，我感到了风的存在，春风开始顽皮地拂动我额前的头发。我知道从此以后，自己成为了一个真正的男人，自信果敢，傲立人间。

两个朋友

萧红　著

金珠才十三岁，穿一双水红色的袜子，在院心和华子拍皮球。华子是个没有亲母亲的孩子。

生疏的金珠被母亲带着来到华子家里才是第二天。

"你念几年书了？"

"四年，你呢？"

"我没上过学——"金珠把皮球在地上丢了一下又抓住。

"你怎么不念书呢？十三岁了，还不上学？我十岁就上学的……"

金珠说："我不是没有爹吗！妈说，等她积下钱让我念书。"

于是又拍着皮球，金珠和华子差不多一般高，可是华子叫她金珠姐。

华子一放学回来，把书包丢在箱子上或是炕上，就跑出去和金珠姐拍皮球。夜里就挨着睡，白天就一道玩。

金珠把被褥搬到里屋去睡了！从那天起她不和华子交谈一句

话；叫她："金珠姐，金珠姐。"她把嘴唇突起来不应声。

华子伤心了，她不知道新来的小朋友怎么会这样对她。

再过几天，华子挨骂起来——孩崽子，什么玩意儿呢！——金珠走在地板上，华子丢了一个皮球撞了她，她也是这样骂。连华子的弟弟也骂他。

那孩子叫她："金珠子，小金珠子！"

"小，我比你小多少？孩崽子！"

小弟弟说完了，跑到爷爷身边去，他怕金珠要打他。

夏天晚上，太阳刚落下去，在太阳下蒸热的地面还没有消灭了热。全家就坐在开着窗子的窗台，或坐在门前的木凳上。

"不要弄跌了啊！慢慢推……慢慢推！"祖父招呼小珂。

金珠跑来，小母鸡一般地，把小车夺过去，小珂被夺着，哭着。祖父叫他："来吧！别哭，小珂听说，不要那个。"

为这事，华子和金珠吵起来了：

"这也不是你家的，你管得着？不要脸！"

"什么东西，硬装不错。"

"我看你也是硬装不错，'帮虎吃食'。"

"我怎么'帮虎吃食'？我怎么'帮虎吃食'？"

华子的后母和金珠是一道战线，她气得只是重复着一句话：

"小华子，我也没见你这样孩子，你爹你妈是虎？是野兽？我可没见过你这样孩子。"

"是'帮虎吃食'，是'帮虎吃食'。"华子不住说。

后母亲和金珠完全是一道战线，她叫着她："金珠，进来关上窗子睡觉吧！别理那小疯狗。"

"小疯狗，也不知谁是小疯狗，不讲理者小疯狗。"

妈妈的权威吵满了院子：

"你爸爸回来，我要不告诉你爸爸才怪呢？还了得啦！骂她妈是'小疯狗'。我管不了你，我也不是你亲娘，你还有亲爹哩！叫你亲爹来管你。你早没把我看到眼里。骂吧！也不怕伤天理！"

小珂和祖父都进屋去睡了！祖父叫华子也进来睡吧！可是华子始终依着门呆想。夜在她的眼前，蚊子在她的耳边。

第二天金珠更大胆，故意借着事由来屈服华子，她觉得她必定胜利，她做着鬼脸：

"小华子，看谁丢人，看谁挨骂？你爸爸要打呢！我先告诉你一声，你好预备着点！"

"别不要脸！"

"骂谁不要脸？我怎么不要脸？把你美的？你个小老婆，我告诉你爹爹去，走，你敢跟我去……"

金珠的母亲，那个胖老太太说金珠："都是一般大，好好玩，别打架。干什么金珠？不好那样！"华子被扯住肩膀："走就走，我不怕你，还怕你个小穷鬼！都穷不起了，才跑到别人家来，混饭吃还不够，还瞎厉害。"

金珠感到羞辱了，软弱了，眼泪流了满脸："娘，我们走吧！不住她家，再不住……"

金珠的母亲也和金珠一样哭。

"金珠，把孩子抱去玩玩。"她应着这呼声，每日肩上抱着孩子。

华子每日上学，放学就拍皮球。

金珠的母亲，是个寡妇母亲，来到亲戚家里，是来做帮工，

华子和金珠吵架，并没有人伤心，就连华子的母亲也不把这事放在心上，华子的祖父和小珂也不把这事记在心上，一到傍晚又都到院子去乘凉，吸着烟，用扇子扑着蚊虫……看一看多星的天幕。

华子一经过金珠面前，金珠的母亲的心就跳了。她心跳谁也不晓得，孩子们吵架是平常事，如像鸡和鸡斗架一般。

正午时候，人影落在地面那样短，狗睡到墙根去了！炎夏的午间，只听到蜂子飞，只听到狗在墙根喘。

金珠和华子从正门冲出来，两匹狗似的，两匹小狼似的，太阳晒在头上不觉到热；一个跑着，一个追着。华子停下来斗一阵再跑，一直跑到柴栏里去，拾起高粱秆打着。金珠狂笑，但那是变样的狂笑，脸嘴已经不是平日的脸嘴了。嘴抖着，脸是青色的，但仍在狂笑。

谁也没有流血，只是头发上贴住一些高粱叶子。已经累了！双方面都不愿意再打，都没有力量再打。

"进屋去吧，怎么样？"华子问。

"进屋！不打死你这小鬼头对不住你。"金珠又分开两腿，两臂抱住肩头。

"好，让你打死我。"一条木板落到金珠的腿上去。

金珠的母亲完全颤栗，她全身颤栗，当金珠去夺她正在手中切菜的菜刀时；眼看打得要动起刀来。

做帮工也怕做不长的。

金珠的母亲，洗尿布、切菜、洗碗、洗衣裳，因为是小脚，一天到晚，到晚间，脚就疼了。

"娘，你脚疼吗？"金珠就去打一盆水为她洗脚。

　　娘起先是恨金珠的，为什么这样不听说？为什么这样不知好歹？和华子一天打到晚。可是她一看到女儿打一盆水给她，她就不恨金珠而自己伤心。若有金珠的爹爹活着哪能这样？自己不是也有家吗？

　　金珠的母亲失眠了一夜，蚊子成群地在她的耳边飞；飞着，叫着，她坐起来搔一搔又倒下去，终夜她没有睡着，玻璃窗子发着白了！这时候她才一粒一粒地流着眼泪。十年前就是这个天刚亮的时候，金珠的爹爹从炕上抬到床上，那白色的脸，连一句话也没说而死去的人……十年前了！在外面帮工，住亲戚也是十年了！

　　她把枕头和眼角相接近，使眼泪流到枕头上去，而不去擦它一下，天色更白了！这是金珠爹爹抬进木棺的时候。那打开的木棺，可怕的，一点感情也没有的早晨又要来似的……她带泪的眼睛合起来，紧紧地压在枕头上。起床时，金珠问：

　　"娘，你的眼睛怎么肿了呢！"

　　"不怎么。"

　　"告诉我！娘！"

　　"告诉你什么！都是你不听说，和华子打仗气得我……"

　　金珠两天没和华子打仗，到第三天她也并不想立刻打仗，因为华子的母亲翻着箱子，一面找些旧衣裳给金珠，一面告诉金珠：

　　"你和那丫头打仗，就狠点打，我给你做主，不会出乱子的，那丫头最能气人没有的啦！我有衣裳也不能给她穿，这都给你。跟你娘到别处去受气，到我家我可不能让你受气，多可怜哪！从小就没有了爹……"

　　金珠把一些衣裳送给娘去，以后金珠在一家中比谁都可靠，

把锁柜箱的钥匙也交给了她。她常常就在华子和小珂面前随便吃梨子，可是华子和小珂不能吃。小珂去找祖父。祖父说：

"你是没有娘的孩子，少吃一口吧！"

小珂哭起来了！

这一家中，华子和母亲起着冲突，爷爷也和母亲起着冲突。

被华子的母亲追使着，金珠又和华子吵了几回架。居然，有这么一天，金耳环挂上了金珠的耳朵了。

金珠受人这样同情，比爹爹活转来或者更幸运，饱饱满满地过着日子。

"你多可怜哪！从小就没有了爹！……"金珠常常被同情着。

华子每天上学，放学就拍皮球。金珠每天背着孩子，几乎连一点玩的工夫也没有了。

秋天，附近小学里开了一个平民教育班。

"我也上'平民学校'去吧，一天两点钟，四个月读四本书。"

华子的母亲没有答应金珠，说认字不认字都没有用，认字也吃饭，不认字也吃饭。

邻居的小姑娘和妇人们都去进"平民学校"，只有金珠没能去，只有金珠剩在家中抱着孩子。

金珠就很忧愁了，她想和华子交谈几句，她想借华子的书来看一下，她想让华子替她抱一下小孩，她拍几下皮球，但这都没有做，她多少有一点自尊心存在。

有天家中只剩华子、金珠、金珠的母亲，孩子睡觉了。

"华子，把你的铅笔借给我写两个字，我会写我的姓。"金珠说完话，很不好意思，嘴唇没有立刻就合起来。

华子把皮球向地面丢了一下，掉过头来，把眼睛斜着从金珠的脚下一直打量到她的头顶。

为着这事金珠把眼睛哭肿。

"娘，我们走吧，不再住她家。"

金珠想要进"平民学校"进不得，想要和华子玩玩，又玩不得，虽然是耳朵上挂着金圈，金圈也并不带来同情给她。

她患着眼病了！最厉害的时候，饭都吃不下。

"金珠啊！抱抱孩子，我吃饭。"华子的后母亲叫她。

眼睛疼得厉害的时候，可怎样抱孩子？华子就去抱。

"金珠啊！打盆脸水。"

华子就去打。

金珠的眼睛还没好，她和华子的感情可好起来。她们两个从朋友变成仇人，又从仇人变成朋友了！又搬到一个房间去睡，被子接着被子。在睡觉时金珠说："我把耳环还给她吧！我不要这东西！"她不爱那样闪光的耳环。

没等金珠把耳环摘掉，那边已经向她要了：

"小金珠，把耳环摘下来吧！我告诉你说吧，一个人若没有良心，那可真算个人！我说，小金珠子，我对得起你，我给你多少衣裳？我给你金耳环，你不和我一条心眼，我告诉你吧！你后悔的日子在后头呢！眼看你就要戴上手镯了！可是我不能给你买了……"

金珠的母亲听到这些话，比看到金珠和华子打架更难过，帮工是帮不成的啦！

华子放学回来，她就抱着孩子等在大门外，笑眯眯的，永久

是那个样子，后来连晚饭也不吃，等华子一起吃。若买一件东西，华子同意她就同意。比方买一个扣发的针啦，或是一块小手帕啦！若金珠同意华子也同意。夜里华子为着学校忙着编织物，她也伴着她不睡，华子也教她识字。

金珠不像从前可以任意吃着水果，现在她和小珂、华子同样，倚在门外嗅一些水果香。华子的母亲和父亲骂华子，骂小珂，也同样骂着金珠。

终久又有这样的一天，金珠和母亲被驱着走了。

两个朋友，哭着分开。

植物万花筒

植物是我们人类的好朋友，我们吃、穿、住、行都离不开植物。要是世界上没有植物，现在恐怕连人类都不会存在。

铁桥那边的林子

薛涛　著

许多许多年以前，那时候我还是一个孩子。我喜欢站在屋顶寻找远处的新景。

你一定觉得这没什么好玩的，可那段时间我偏偏在那件事情上发现了乐趣。一块起伏的丘陵，一片盐样的洼地，一座桥一条溪……都可以成为我的目标。往往是这样，一旦发现了它们，第二天我就要出发了，带上一点儿干粮和水，还有一根防身的木棍和两个弟弟。干粮和水可以让我始终有力气，木棍呢，让我在闲逛的狗面前心里能踏实些，两个弟弟嘛，有了他俩我的旅途就不寂寞了。

对了，这件事情的乐趣大概全在旅行上——一旦发现新景我往往要开始新的旅行的。

发现那片林子是在初冬的一个晌午。阳光驱散了凉雾，我站在屋顶，看到更远处的景物，西北方向，越过那座铁桥，在洼地的边缘，有一片色泽灰黛的景物衬在淡蓝的天幕下，这片景物是

我从前忽略的。我举起自制的望远镜，它唰地来到面前，很听话。原来那是一片林子。

它静静地站在天边不知有多少年了，我竟然一次一次忽略了它。

关于它，会有多少可以想象的东西啊！歌唱的小鸟，从这枝跳到那枝；嚼着干草的花斑鹿，头上顶着一棵不长叶子的小树；棉被一样厚的落叶，躺在那上面该是怎样的美妙呢……我想象着那样一片林子里该有的一切——真是一片没完没了的林子。我决定第二天就出发，带上两个弟弟。

第二天，一切都被一场突来的大雪掩埋了，房屋、谷草垛、所有的道路，还有旅行的念头。弟弟们看着我说该出发了。我瞥了瞥窗外的大雪，取消了昨天的计划。

几天后，弟弟们又提醒我：该出发了，路上的雪已经踩实了。

我裹紧棉衣说，天太冷了，过几天再去吧。是的，那个时候我们的棉衣单薄，我经常感到冷。……

春天一来，睡在我心底的念头逐一解冻了。我要去看看那片林子啦。我带上弟弟们出发了。铁桥，丘陵，洼地，这些地方我们都来过了。我们把它们丢在了身后。蹲在一片尘地休息时我才感到有点疲惫：这一次我们走得确实很远，它的遥远超出我的想象。有一段时间，那片林子逃出了我的视线，我只能抱定它的大致方向摸索前行。后来我知道，爬上那片洼地就可以到达了。

剩下的路我和弟弟们是一口气跑完的。

结果却是我从未想到的，失望、懊悔和沮丧的情绪折磨了我很多天。

林子不见了。看来是集体搬迁，一棵树也没有留下。我的面前只是一片齐刷刷的树桩，个个是新鲜雪白的茬儿……我真怀疑去年冬天在屋顶望远镜里看到的一切本来就是一个梦幻，我被一个不真切的、虚妄的，却又无比美丽的幻景欺骗了。可是弟弟们一再说，原本它们一直都站在那里的，是不容怀疑的。

　　我以为我可以抓到它的，连同小鸟和花斑鹿，谁想到一个冬天的时间它都不肯给我。说不定它也曾经等候过那个对它有点心仪的小男孩，该怪他怕冷只想着猫在屋子里，失去了见到它的时机。

　　他那时还不懂，一整个冬天，这个世界会发生无数个变故的，一旦与某些美丽的东西擦肩而过，就永远再不会有任何机会。

一把蒲扇

张晓楠　著

一把蒲扇

蝌蚪一样

在夏天的领域

摇头摆尾

是谁，在旁边

席地而坐

气定神闲

白头发，青布衫

鸡皮鹤肤

宛若神仙

一把蒲扇

轻轻摇动

可以让一汪蛙鸣

此起彼伏

一把蒲扇

轻轻摇动

可以让满天星辰

明明暗暗

一把蒲扇

其实，是一把桨

把奶奶和我

从夏的此岸

摇向彼岸……

本书所涉部分作品版权由中国文字著作权协会代

理，电话：010-65978905，传真：010-65978926，

E-mail：wenzhuxie@126.com。